Explosive Dragon King
Bahamut

폭룡왕
바하무트

GAME FANTASY STORY

몽연 게임 판타지 소설

폭룡왕 바하무트 6

몽연 게임 판타지 소설

초판 1쇄 찍은 날 § 2014년 10월 21일
초판 1쇄 펴낸 날 § 2014년 10월 24일

지은이 § 몽연
펴낸이 § 서경석

편집부장 § 권태완
편집책임 § 박가연

펴낸곳 § 도서출판 청어람
등록번호 § 제387-1999-000006호
등록일자 § 1999. 5. 31
어람번호 § 제1-1961호

주소 § 경기도 부천시 원미구 부일로 483번길 40 서경B/D 3F (우) 420-822
전화 § 032-656-4452 팩스 § 032-656-4453
http://www.chungeoram.com
E-mail § chungeorambook@daum.net

Explosive Dragon King Bahamut

폭룡왕
바하무트

GAME FANTASY STORY

몽연 게임 판타지 소설

6

Explosive Dragon King

Bahamut

폭룡왕
바하무트

CONTENTS

38장
사막왕국 모나크

포가튼 사가가 제아무리 게임이라도 봄, 여름, 가을, 겨울의 사계절이 존재한다. 그러므로 때가 되면 저절로 계절이 바뀐다.

그러나 죽은 자들의 왕국 등의 특수 지역은 그런 변화에서 자유로웠다.

이글이글.

모락모락.

이글거리는 태양열이 보기만 해도 짜증을 불러온다. 모락모락 김이 뿜어져 올라오는 모래의 바다가 광활하게 펼쳐져 있다.

이곳은 아홉 개 인간 국가 중에서 가장 열악한 환경을 자랑하는 사막왕국 모나크였다. 모나크는 오로지 여름뿐이다. 1년 365일 내내 살을 태우는 불볕더위를 자랑한다.

각 속성마다 차이는 있지만, 화속성을 기준으로 50 이하라면 생명력이 줄어든다. 참으로 어처구니없는 환경이었다. 그런데 이 환경 덕에 타국으로부터의 침공을 방지하고 그 어떤 국가보다도 강인한 체력과 정신력으로 무장된 사막 전사를 양성할 수 있었다.

모나크는 여러 면에서 다른 국가와는 다르다. 강력한 왕의 통치 아래 형성된 단일 왕국이라기보다 수백수천 개의 사막 부족이 합쳐져서 탄생한 부족연합의 개념이었다.

파고들면 들수록 복잡한 시스템을 지닌 국가였다. 그렇기에 유저들은 이런저런 이유로 모나크에서의 생활을 꺼렸다.

오죽하면 팔대길드에서도 대륙상단연합만 손을 뻗쳤겠는가. 국력은 오소국 중에서 투스반 다음이지만, 유동 인구는 국가 전체에서 꼴찌였다. 인기가 없다 보면 된다.

멋모르는 유저들을 제외한, 제법 게임에 대해 알아본 유저들은 모나크에서 시작하지 않는다. 캐릭터가 더위를 못 이기고 죽어서다.

그나마 사막 전사들의 왕국답게 사냥터가 다양하다는 점이 장점이라면 장점이었다.

특히 샌드헬은 초입 부근의 진입 장벽이 생각보다 낮았다. 그마저도 아니었다면 유저들의 발걸음이 완전히 끊겨서 망해도 진작 망했을 것이다. 바하무트도 한때 슈타이너와 이곳에서 몇 달 정도 사냥한 적이 있었다. 그리고 이번이 두 번째 방문이었다.

*　　　*　　　*

모나크의 수도 사브리나의 중앙광장에 여느 때처럼 빛이 번쩍이며 두 명의 유저가 나타났다. 은신의 망토를 뒤집어쓴 바하무트와 어느 순간부터 그를 따라하는 브레인이었다. 둘은 주변을 휙 하고 둘러보더니 서로가 느낀 점을 하나씩 털어놨다.

"여긴 여전하네."

"으으! 예전에 샌드헬 탐색하다가 약탈당했던 걸 생각하면 아직까지도 치가 떨리네요."

"지금은 지휘봉으로 후려쳐도 이길걸요?"

"일반 약탈자는 몰라도 대두령이 나타나면 이 지휘봉과 함께 목이 잘려 죽을 거예요."

브레인은 맵퍼답게 전용스킬을 올리려고 대륙 이곳저곳을 여행했다. 샌드헬도 그중에 한곳이었다. 브레인은 100레벨 초반, 샌드헬을 탐색하려는 레이드에 고용됐다. 맡은 바 임무에 최선을 다했지만, 사막 약탈자들에게 걸려서 한순간에 몰살당했다.

그 부대에는 약탈자 소두령이 포함되어 있었다. 소두령은 200~220레벨로서 그 당시에는 가히 적수가 없는 사막의 무법자였다. 어쨌거나 그 탓에 착용하고 있던 장비와 인벤토리 물품의 반이 증발했다. 뒤로 넘어져도 코가 깨질 만큼 재수가 없었다.

모나크에서 생활하다 보면 약탈자 부대와는 빈번하게 마주친다. 다만, 두령들이 포함된 부대와 마주칠 확률은 극히 희박하다.

브레인은 그 희박한 확률에 걸렸고, 장비도 최악의 확률로 떨궜다. 그때 느꼈던 심정이란 말로 표현이 불가능할 정도였다.

물론 지금은 그런 쪽으로의 걱정은 안 들었다. 바하무트가 있다면 300레벨이 넘는 대두령이 온대도 능히 감당하리라 믿었다.

종종 플레이포럼에 대두령을 찍은 짧은 영상이 올라왔다. 러닝타임은 매우 짧았다. 당연하다. 길게 찍으려면 살아 있어야 했다. 기술 한 방에 수십 명을 죽이는 괴물 앞에서 산다는 자체가 무리한 요구였다. 아니, 정신없는 와중에 찍은 것도 용했다.

"흠, 대두령이라?"

"나타나면 잡고 안 나타나면 안 잡는 거죠. 저희로선 안 나타나는 게 시간 절약이니까."

나타난다고 발목이 잡힌다거나 하는 건 아니었다. 그저 귀찮은 걸 피하고플 뿐이었다. 잡으면 좋은 아이템을 주겠지만, 현재로써는 있어도 그만 없어도 그만이었다.

"바하무트 님, 가요."

"네."

둘은 모나크의 국립 도서관으로 향했다. 대화산으로 가기 전에 그곳과 관련된 자료를 찾아보기 위함이었다. 아무것도 모르는 상태에서 찾기에는 샌드헬의 규모가 너무나도 광범위했다. 플레이포럼은 이미 뒤져 봤다. 건질 만한 게 눈곱만치도 없었다.

국립 도서관은 아무나 출입시키지 않는다. 유저를 기준으로 명성이 높거나 300명 이상의 부족원을 거느린 부족장만이 출입이 허가된다.

그것으로 끝나지 않았다. 내부에 들어가면 책의 등급에 따라 읽느냐 못 읽느냐가 정해진다.

채앵!

"이곳은 사브리나의 지혜가 담긴 곳이므로 외지인은 들어가지 못한다! 소속을 밝혀라!"

도서관을 지키는 사막 전사 네 명이 바하무트에게 시미터를 겨눴다.

그는 인벤토리를 뒤적거려 루펠린의 후작을 상징하는 증표를 꺼냈다. 세상에 이유 없는 행동은 없다. 어찌하여 모나크에서 루펠린의 증표를 꺼냈는지는 잠시 뒤면 알게 될 것이다.

"허억! 이 상징은? 루펠린의 바하무트 후작? 위대한 대전사를 뵙게 되어 영광입니다!"

"영광입니다!"

"입장할 수 있겠는가?"

"동맹국 대전사에 대한 예우와 후작의 작위는 모나크에서 50만 이상의 부족원을 거느리는 대족장과도 같습니다! 입장이 가능하시며 따로 안내인을 붙여 드리겠습니다!"

네 개의 국가가 사국연맹으로 묶이면서 작위의 일부가 교류되는 시스템이 생겨났다. 영구적인 것은 아니고 동맹이 유지되는 동안만이었다. 자국 내에서 만큼의 영향력을 행사할 수는 없지만, 편의를 봐주는 정도에서는 유용하게 써먹을 수 있었다.

예를 들어 지금 했던 것처럼 도서관에 입장한다거나 신분을 증명하는 등에서 말이다.

드릉!

도서관 입구가 개방되며 바하무트와 브레인이 내부로 들어갔다. 들어가자마자 안내인이 따라붙었다.

말을 나누는 그 짧은 시간 내에 준비해 둔 것이다. 소국이라도 일국을 대표하는 도서관답게 눈이 핑핑 돌아버릴 양의 책으로 가득했다. 이중에 피닉스에 관한 책이 하나쯤은 있으리라 생각됐다. 만약 없다면 어쩔 수 없이 단순 노가다를 반복해야 했다.

"사브리나 국립 도서관 부도서관장 마크락이라 합니다. 루펠린의 대전사를 뵙습니다."

"바하무트라 합니다. 이쪽은 브레인, 영지의 총집사이자 참모를 겸하고 있습니다."

평범한 안내인이 붙을 거라 여겼는데 부도서관장이 붙었다. 제법 놀라웠지만 굳이 내색하지는 않았다. 아마도 작위에 맞춰졌을 터였다.

모나크는 울티메이트 마스터를 자신들의 표현으로 바꿔 불렀다. 바하무트는 그러려니 하고 넘어갔다. 용어는 중요한 게 아니었다. 중요한 건 피닉스에 관한 단서였다.

"제가 열람할 수 있는 책의 등급이 어디까지입니까?"

"찾으시려는 책의 제목을 말씀해 주시겠습니까? 제 직책에 걸맞은 수준이라면 어떤 것이든 가능하십니다. 안 되는 건 관장님만이 열람하실 수 있는 최고 등급뿐입니다."

"책의 제목은 모릅니다."

"그럼 무엇하고 관련된 책인지만이라도 알려주신다면 제가 알아서 찾아드리겠습니다."

원하는 내용의 책이 최고 등급에 있다면 눈앞에 두고도 돌아가야 한다는 걱정이 들었다.

[대놓고 피닉스 지를까요?]

[아닙니다. 피닉스보다는 대화산이 좋겠습니다. 단계별로 타고 올라가는 게 편합니다.]

한 번에 크게 지르면 목적을 알려주게 된다. NPC들에게는 호감도 외에 반감이란 게 존재한다. 피닉스가 모나크의 신수라거나 그 비슷한 무언가라면 알려주지 않을지도 모른다. 따지고 보면 피닉스나 대화산이나 그게 그거지만 혹시 모르는 법이다.

"대화산에 대해서 아시는 게 있습니까?"

"대화산? 대화산이라… 전설상의 신수라 불리는 피닉스의 둥지를 말씀하시는 겁니까?"

"맞습니다. 혹시 대화산과 관련된 자료를 읽을 수 있겠습니까? 종류는 상관없습니다."

"아슬아슬했군요. 마침 제 열람 권한의 마지막 범위가 대화산과 관련된 내용이었습니다. 따라오시지요. 안내해 드리겠습니다."

바하무트와 브레인이 부도서관장을 따라갔다. 오크로드 퀘스트의 공적 보상으로 얻은 귀족 작위가 예상외로 유용했다. 팔았었다면 이런 도움은 꿈도 꾸지 못했을 것이다.

[경비가 삼엄하네요.]

[이거야 저희에게서 눈을 떼지 않는군요. 훔쳐 가려는 것도 아닌데, 확 훔쳐 가버릴까?]

바하무트가 그림자들이 숨어 있는 곳을 정확하게 쳐다봤다. 퍼져 나가는 용투기에 그들의 기운이 느껴졌다.

브레인도 마찬가지였다. 지역탐색 스킬에 숨어 있는 전사들의 움직임이 세세하게 걸렸다.

감시받는 듯해서 기분이 나빴지만, 로마에 가면 로마법을 따라야 한다.

이곳은 타국의 도서관이었다.

쿠르르릉!

부도서관장이 평범하게 지나치던 문에서 비밀 통로 비스무리한 곳으로 경로를 변경했다. 가는 길이 요란한 만큼 성과가 있었으면 했다.

솔직히 힌트도 없는 상태에서 샌드헬을 쑤시고 싶지는 않왔다. 쑤시는 시간만큼 피닉스 퀘스트에 할애할 시간이 부족해진다. 되도록 빨리 끝내야 계획하고 있는 일들을 처리할 수 있었다.

"다 왔습니다. 대화산 관련이라면 피닉스와도 관련된 내용으로 생각해도 되겠는지요?"

"피닉스는 모나크의 신수가 아닙니까?"

"하하하! 아닙니다. 과거에는 그런 경향이 없잖아 있었지만, 지금은 그렇지 않습니다."

모나크의 모든 역사서를 뒤져 봐도 피닉스와 관련된 자료는 손에 꼽을 정도로 적었다.

자주 나타나서 국가에 도움을 줬다거나 그 비슷한 무언가라도 했다면 믿음이 깊어졌을지도 모르겠다. 그러나 현재로써는 실존하는 생물인지조차 의심스러웠다. 모나크는 상상에 기댈 만큼 미개하지 않았다. 그런 건 나약한 이들이나 하는 짓이었다.

"여기 있습니다. 일곱 권이로군요. 페이지 수가 적어 일반서와 비교하자면 서너 권 분량입니다. 다 읽으시고 저를 불러주시면 됩니다. 잠시 자리를 피해 드리겠습니다."

"감사합니다."

책을 받은 바하무트가 감사 표시를 했다. 부도서관장은 그들에게 책 읽을 환경을 만들어주려고 서고 바깥으로 나갔다.

워낙에 높은 등급의 서고라서 둘을 제외하면 아무도 없었다. 그래서인지 꽤 한적했다.

"어디 보자."

"하나씩 나눠 읽어요."

책을 앞에 두고 한 권씩 나눠 읽었다. 하지만 읽을수록 둘의 표정이 어두워졌다. 누가 피닉스를 부족의 신수로 모셨다거나 그 크기가 하늘을 뒤덮는다거나의 잡설이 대부분이었다.

"허탕은 아니겠죠?"

"그 NPC, 대화산이라고만 물어봤는데, 피닉스의 존재를 알았습니다. 걱정하지 마세요."

그러고 보니 그랬다. 대화산을 물어봤는데 피닉스의 존재를 알고 있었다. 겉으로는 실존하는지 의심스럽다고 했어도 무언가 믿을 만한 신빙성이 있다는 뜻으로 보였다.

"이건 바하무트 님이 읽으세요."

"좋습니다."

브레인이 놓여 있던 마지막 책을 바하무트에게 건네줬다. 제목은 다른 책과 마찬가지로 적혀 있지 않았다. 좀 더 두껍다고 해야 하나? 그게 다른 책과의 차이점이었다.

띠딩!

> 과거의 잔재가 기록된 고서를 발견하셨습니다. 피닉스와의 대면 퀘스트에 반응하여 시크릿 퀘스트가 발동합니다. 취소하시려면 두 퀘스트 전부를 포기하셔야 합니다.

'빙고!'

바하무트가 쾌재를 불렀다. 도서관에 오길 잘한 것 같다. 그러지 않았다면 시크릿 퀘스트를 놓쳤을 것이다. 시크릿 퀘스트는 보상이 후한만큼 페널티도 크지만 레벨업이 힘든 그에게는 거절 못할 매력이었다. 어차피 발동됐기에 물릴 수도 없었다.

촤르륵!

바하무트가 퀘스트 내용을 확인했다. 부디 레벨업 좀 많이 해주길 기도하면서 말이다.

[잃어버린 피닉스의 꼬리 : 시크릿 등급(SSS)]

내용 : 수백 미터를 넘어서는 거체, 수만 도의 불꽃에 보호받는 대화산의 신조 염화의 피닉스는 샌드헬의 지배자다. 그렇다고 처음부터 유일했던 것은 아니었다. 오백 년 전만 해도 그와

쌍벽을 이루는 존재가 샌드헬 지역을 양분해 왔다.

피닉스가 모래사막의 뜨거운 열기를 관장한다면, 그는 모래 자체를 관장했다. 필연적으로 부딪칠 수밖에 없던 운명인 것이다. 백 년 동안 지속됐던 두 반신의 전쟁은 피닉스의 승리로 끝났다.

상대는 자신의 원천만을 남기고서 유에서 무로 화했다. 물론, 전쟁에서 승리한 피닉스도 엄청난 상처를 입었다. 한 쌍의 날개와 더불어 아름답다고 자부하던 그의 꼬리가 잘려 나갔다.

그는 꼬리의 재생을 위해 대화산의 정기를 흡수하려고 수면에 들었지만, 그리 오래가지는 못했다. 화룡왕 크라디메랄드와의 전투에서 패한 겁화의 군주 플뤼톤이 대화산 주변으로 떨어졌기 때문이다.

피닉스는 대화산을 지키려고도 생각해 봤다.

그러나 그는 영혼의 그릇에서부터 플뤼톤에게 밀렸다. 해서 어쩔 수 없이 싸움을 포기했다. 그때 대화산을 넘겨준 여파였을까?

수백 년이 지났음에도 피닉스의 꼬리는 여전히 자라나지 않았고, 플뤼톤은 나날이 회복되어 갔다. 이제 플뤼톤의 부활까지 남은 시간은 고작 몇 달에 불과하다.

그전에 피닉스의 꼬리를 재생시켜 그를 완전하게 만들어야 한다. 다만, 꼬리 재생을 위해서는 막대한 희생이 필요하다. 모르긴 몰라도 그대의 전부를 바쳐야 할 것이다. 그만큼 큰 보상이 기다리겠지만, 쉽지 않은 선택이 될 터, 부디 신중하길 바란다.

> **제한** : 피닉스와의 대면 퀘스트를 받은 자.
> **성공** : 피닉스의 꼬리 생성.
> **실패** : 피닉스와의 대면 퀘스트 기한 내에 꼬리 생성 실패.
> **보상** : 피닉스의 만년염옥.
> **성공 페널티** : 레벨 초기화.
> **실패 페널티** : 피닉스관련 모든 퀘스트 무효.

바하무트가 멍한 표정을 내지었다. 제대로 읽은 건지 헷갈렸다. 그 어떤 감정보다도 당황스러움이 앞섰다.

실패 페널티는 그러려니 하겠다.

피닉스 관련 모든 퀘스트가 무효화되면 플뤼톤이 부활하고 피닉스를 죽일 가능성이 높아진다.

그리되면 이프리트에게도 잠재적 위험이 생기는 것이다. 그래도 직접적인 피해는 없기에 SSS등급치고는 페널티가 약한 편이었다. 그런데 이 퀘스트의 문제는 실패가 아니라 성공이었다.

성공하면 레벨이 초기화된다. 즉, 1레벨이 된다는 뜻이었다.

보통의 퀘스트를 도와 비교하면 이번 퀘스트는 검이라고 말하겠다. 도는 날이 한쪽에 서서 주인을 해하지 않고 적을 베는 용도로 쓰이지만, 검은 날이 양쪽에 서서 잘못 사용할 경우 주인과 적을 함께 벤다. 정말이지 빼도 박도 못하고 걸려 버렸다.

"허허……."

"왜 그러시는지?"

띠딩!

바하무트는 말 대신 퀘스트를 공유했다. 브레인도 내용을 읽다가 헛웃음을 터뜨렸다. 정보의 바다라 불리는 플레이포럼에서도 이런 퀘스트를 수행했다는 유저는 본 적이 없었다.

"이거 어떡하죠?"

"저 역시 겪어보지 못한 종류라서 말씀드리기가 애매합니다. 그냥 정리하자면 피닉스의 만년염옥이란 게 바하무트 님의 레벨과 바꿀 가치가 있느냐 없느냐 정도겠네요."

"대충 저게 뭔지는 감이 잡히는데……."

"피닉스의 레벨과 퀘스트의 등급을 생각하면 400레벨 대의 화속성 영단이지 싶습니다."

피닉스의 만년염옥을 단순한 가치로만 따진다면 그야말로

돈 주고도 못 구할 보물에 속했다.

모르긴 몰라도 천 단위 이상의 능력치 포인트를 올려줄 것이라 예상됐다. 평소의 바하무트였다면 덥석 받았을 텐데, 처한 상황이 발목을 붙잡았다.

높은 등급의 영단은 구하기가 하늘의 별 따기지만, 레벨은 다시금 올리면 된다. 대륙전쟁만 아니었다면 길게 고민하지 않았을 터였다.

"혹시?"

"좋은 생각이라도 나셨습니까?"

"제 이프리트 퀘스트, 피닉스의 만년염옥으로 해결되지 않을까요? 같은 등급의 속성 원천이면 될 법도 하고, 족쇄가 풀리면 겁화의 위엄도 원상태로 복구될 테니……."

"네, 그럴 수도 있겠네요. 하지만……."

바하무트의 말대로였다. 피닉스 퀘스트를 완료하면 보상은 보상대로 받고, 이프리트 퀘스트도 해결될 수도 있었다. 여전히 해결되지 않는 한 가지가 남지만 말이다.

"레벨은요?"

"네?"

"다 해결돼도 바하무트 님 레벨은 여전히 1……."

"맞네."

그랬다. 퀘스트를 해결해도 1레벨을 피할 수는 없었다. 사람을 태운 열차가 역에 정차하듯, 그의 길도 정해져 있었다. 타기 싫다면 안 타면 된다. 선택은 그의 마음이었다.

'갈까?'

두근두근.

가자라는 생각을 하자마자 심장이 방망이질 쳤다. 잠들어 있을 현실의 육체 반응이 뇌파 너머로 느껴졌다. 참으로 어울리지 않는 현상이었다. 바하무트가 결정을 내렸다.

"갑니다."

"정말입니까?"

브레인이 두 눈을 깜빡였다. 그가 대범한 줄은 알았지만, 350레벨을 걸고 도박을 벌일 줄은 몰랐었다. 대부분의 유저가 백기를 들었을 것이다. 페널티도 적당해야 한다.

"여기는 포기하라고 하는데, 여기는 두근거리네요."

"아……."

바하무트가 머리와 심장을 한 번씩 두드렸다. 이성과 본능이 따로 놀았다. 즐기려고 시작한 게임이었다. 고민하려고 한 게 아니었다. 온갖 고난과 역경이 닥쳤어도 지금까지 잘 헤쳐왔다. 정녕 행운의 여신이 함께 한다면 이번에도 도와줄 것이다.

"그럼 이런 방법은 어떨까요?"

"무슨?"

"바하무트 님의 레벨이 높으시니, 퀘스트란 퀘스트는 죄다 받아서 대화산까지 가는 동안 해결해 놓고 초기화됐을 때 차례차례 완료하는 겁니다. SS등급 하나 깨면 경험치와 보상 레벨업도 있을 거고… 다 복구는 못해도 어느 정도는 될 거라 봅니다."

짝!

바하무트가 기발하다는 듯 손뼉을 쳤다.

상황은 다르지만 브레인도 어둠의 미궁에서 비슷한 방법을 썼다.

퀘스트에는 선 해결과 후 해결이 있다. 선 해결은 저절로 완료되는 것이고, 후 해결은 끝내고 NPC를 찾아가는 등의 특정 행동을 해야 했다. 이중 후 해결 퀘스트를 받는다면 큰 도움이 될 것이다.

"좋습니다!"

"수락부터하세요."

죽기 아니면 까무러치기였다. 바하무트가 퀘스트를 수락했다. 곧이어 알림음이 들려왔다.

잃어버린 피닉스의 꼬리를 받아들이셨습니다. 피닉스와의 대면과 겹치므로 모든 면에서 새롭게 갱신됩니다.

과거의 잔재가 기록된 고서의 내용을 완독하셨습니다. 대화산의 위치가 월드 맵에 표시됩니다.

깜빡깜빡.

월드 맵 한구석에 빨간 점이 깜빡거렸다. 바하무트가 맵을 확대해서 샌드헬로 집중시켰다. 미개척지답게 지형지물 등은 표시되지 않았다. 거리도 확인 불가였다. 저곳이 대화산이니 알아서 찾아가라 할 만큼 불친절했다. 물론, 이것마저도 감지덕지였다.

"와! 장난하나!"

"왜요?"

"저는 맵퍼라서 지역탐색과 지도제작 스킬을 사용하면 대략적인 거리를 예측할 수 있습니다. 쉽게 설명하면……."

스슥.

브레인이 인벤토리에서 특별히 제작한 개인지도를 꺼냈다. 그리고는 자신의 한계 탐색 범위와 가야 할 거리를 킬로미터로 나눠봤다. 바하무트를 이해시키기 위함이었다.

"자, 이렇게 하면 거리가 나와요."

"허! 말도 안 되는 거리네."

직선으로 따져도 최소 500킬로미터였다. 가는 도중에 이런저런 이유로 돌아간다거나 하면 거리는 더 늘어난다.

미개척지라 워프 포탈이 있을 리도 없고, 날아가면 대화산의 표시가 맵에서 사라진다. 알게 모르게 비행종족에게도 제약이 걸려 있었다. 날아가다 쉬고를 반복하면 될 거라 생각할 수도 있다. 그러나 그럴 때마다 하지 말란 의미의 경고음이 들린다.

계속해서 어긴다면 유저에게 제공된 편의 사항이 영구적으로 삭제된다.

예를 들어 피닉스 퀘스트에 제공된 대화산의 위치가 그러했다. 차라리 안 하는 편이 속 편했다.

"사막 낙타가 필요하겠네요."

"걷기에는 거리가… 일단, 돈이 좀 들어가도 진혈을 사야겠습니다. 가격이 세겠지만, 그 먼 여정을 버티려면 성품도 온순해야 하고, 담력과 체력도 뛰어나야 하니까요."

"진혈 사막 낙타요? 허… 과연, 매물이 있을까요? 순혈도 구하기 어렵다고 들었는데."

샌드헬에서 사냥하려면 사막 낙타는 필수였다. 본능적으로 오아시스가 샘솟는 안전지역을 찾아내거나 몬스터가 다가옴을 미리미리 알려준다.

그밖에도 여러 면에서 유용했다.

잡종이라 불리는 혼혈은 모나크 왕국 이곳저곳에 모래알처럼 나뒹군다.

진짜배기는 순혈부터였다. 순혈에도 등급이 있지만 대체적으로 1~3만 골드 사이에 거래됐다.

싼 놈은 최하급, 비싼 놈은 중급 레어 가격이었다. 바하무트는 예전에 왔을 때 20만 골드인가를 주고 진혈을 구매했었다.

진혈과 순혈은 혹이 3개라서 두 명이 넉넉하게 앉는다. 짐을 많이 실어도 너끈히 버텨낸다. 비싼 만큼 그 값어치는 확실했다.

"구할 수 있습니다. 슈타이너하고 왔을 때 레벨 올리려고 퀘스트 왕창 해결했는데, 그중에 낙타 상인하고 관련된 것도 있었거든요. 자기가 모나크 왕국에서 둘째가라면 서러워한다나 뭐라나? 어쨌든 호감도를 신뢰까지 높여놔서 지금 가도 될 겁니다."

끄덕.

브레인이 고개를 끄덕였다.

바하무트는 의식하지 않아도 그가 게임을 하면서 쌓아놓은 인맥은 상상을 초월했다. 게임에서도 NPC들과의 관계는 중요하다. 시스템이라고 얕잡아 봤다간 큰코다친다.

"낙타 상인 찾아가려면 워프 몇 번 타야 하니, 거기서 구매하고 퀘스트 싹쓸이해서 출발합시다!"

"네!"

워프 몇 번이라 봐야 5분도 채 안 걸린다. 얼굴도장이나 찍어놓고 여정을 떠나야겠다.

*   *   *

"오오! 바하무트 님!"

"오랜만에 뵙습니다, 아슐라카 님."

모나크 왕국의 십대도시 중 하나인 파루칸에 도착한 바하무트는 곧장 아슐라카를 찾아갔다.

그는 파루칸 제일의 낙타 상인이었다. 수다스러운 게 흠이지만, 상인으로서의 명성은 대단했다.

국가 자체가 척박한 오지에 있는 만큼 돈의 위력을 무시할수가 없었다.

"종종 찾아오셨다면 좋았을 것을, 어찌 이제야 오셨습니까?"

"바쁜 일이 많았습니다. 그나저나… 진혈사막 낙타가 필요한데 남는 매물이 있습니까?"

씨익.

아슐라카가 의미심장하게 웃으며 바하무트에게 따라오라고 말했다.

그는 안내해 주려나 보다 생각하고 뒤따라갔다. 브레인도 존재감이 있는 듯 없는 듯 잘 따라왔다.

우우!

수천 마리의 낙타가 사막 한가운데 만들어진 목장 속에 앉아 있었다. 다들 나른한지 퍼질러 자거나 어슬렁어슬렁 기웃거렸다.

인간에게 계급이 있는 것처럼 동물도 마찬가지였다.

가장 외곽에 혼혈, 그다음 순혈, 무리의 중심부가 진혈이었다.

"진혈이 다섯 마리밖에 없는 걸 보면 이번 해는 끝났나 보군요."

"맞습니다. 여기저기 잘 봐달라는 의미로 뇌물 먹이고 팔고나니 다섯 마리 남더군요."

아슐라카는 해마다 일정 숫자의 진혈을 유지했다. 죄다 팔아버리면 장사 접어야 한다.

"저기 저 녀석 보이십니까? 진혈 중에서 가장 큰 녀석이요."

"보입니다."

"바하무트 님께서 구매하셨던 녀석으로 지금은 저 무리의 대장이고 유일한 수놈입니다."

바하무트가 진혈을 쳐다봤다.

사람이 아니라서 알아볼 수는 없어도 타봤던 녀석이라 생각하니 감회가 새로웠다. 아슐라카와의 호감도가 신뢰였기에 팔지 않은 듯했다.

"잠시 빌릴 수 있겠습니까? 무사히 돌려보내겠습니다."

"아무렴요."

"그런 의미로 해결하기 곤란하신 일이 있으시면 제가 도와드리겠습니다. 어떠십니까?"

아슐라카는 기다렸다는 듯, 최근 골치 꽤나 썩고 있던 문제들을 털어놨다.

많은 여행자가 다녀갔어도 아직 해결해 준 이가 없다면서 말이다.

대상인이 주는 퀘스트답게 SS등급이었다. 보상이 레벨 +5였다. 깬다고 장담할 수는 없어도 해볼 만했다.

바하무트는 진혈을 구매하고 파루칸을 순회했다. 생각 같아서는 퀘스트를 수만 개씩 받고 싶었다.

받을 수 있는 한계가 백 개만 아니었다면 진심으로 그리했을 것이다.

350레벨의 바하무트가 퀘스트를 요구하자 NPC들에게서 비공개 퀘스트가 쏟아져 나왔다. 흥미로운 게 많았지만, 경험치와 레벨업 보상 위주로만 골라 담았다. 대부분이 경험치였다.

그는 퀘스트를 보기 좋게 정리하고 보조 물품을 낙타에 옮졌다.

그다음 다시 상점을 찾아가 인벤토리를 빵빵하게 채웠다.

이로써 모든 준비가 끝났다.

39장
대화산

　대화산으로의 여정은 순조로웠다. 낙타에 올라탄 둘은 웬 만해서는 내려오지 않았다. 브레인의 지역탐색 스킬로 몬스터의 이동 경로를 파악하며 피해갔다.

　낙타에서 내려오는 경우는 몬스터와의 마주침을 피할 수 없을 때와 퀘스트와 관련 있을 때뿐이었다.

　"여기도 불의 신전과 비슷하네요?"

　"화, 지속성 몬스터가 출몰하는 곳답게 두 속성 저항의 비중이 큽니다. 깊이 들어갈수록 필요치가 높아지니, 대화산의 환경은 불의 신전보다 열악하리라 예상됩니다."

과거야 어찌 됐든 현재 이프리트는 399레벨이었다. 불의 신전은 그를 기준으로 만들어졌다. 그러나 피닉스는 최소 400레벨이 넘는다.

대화산의 등급이 재앙임은 기정사실이었다. 환경과 난이도도 그에 걸맞을 터였다. 어쭙잖은 유저들은 몬스터는커녕, 입구에서부터 화속성 부족으로 타 죽을지도 모른다.

"며칠이나 소요될 것 같습니까?"

"어둠의 미궁처럼 길이 복잡한 편은 아니기에 이런 속도라면 열흘 정도 걸릴 듯합니다."

스윽.

바하무트가 황색 모래로 뒤덮인 샌드헬을 훑어봤다. 모래 바다를 보는 느낌이었다. 지루하다는 걸 제외하면 딱히 문제 될 건 없었다.

그 혼자 왔었다면 길을 잃었겠지만, 지금 그의 옆에는 진혈 사막 낙타가 있고 브레인이 있었다.

퍼퍼퍼펑!

콰앙!

길을 가는 중간에 몬스터를 사냥하는 유저들의 모습이 눈에 띄었다. 멀리 떨어진 곳에서도 폭발 소리 등이 들려왔다. 바하무트는 그러려니 하고 넘어갔다. 깊숙이 들어왔기에 위험한 지역이기는 해도 포스 이상의 규모라면 충분히 해볼 만했다.

더욱이 대륙십강을 가로막는 3차 전직의 벽이 무너지는 시기였다. 그에 따라 일반 유저들을 가로막던 2차 전직의 벽도 함께 무너져 내렸다.

플레이포럼에서 확인되는 숫자가 수십 명을 넘어갔다. 이마저도 최소에 불과했다. 실제로 더 까보면 얼마나 될지 모른다. 유저들이 성장하면 활동 반경이 넓어짐은 당연하다. 금지구역이라고 영원하리란 법은 없었다. 바야흐로 새 시대가 열리는 것이다.

멈칫!

브레인이 낙타의 고삐를 잡아당겼다. 낙타는 고삐가 밀리는 느낌에 움직임을 멈췄다.

"왜 그러세요?"

"두 개 포스가 몬스터 한 마리와 싸우는데 상황이 안 좋네요. 이러다 전부 죽겠어요."

지역탐사 스킬에 대규모 전투가 감지됐다. 무시하고 지나쳤던 그저 그런 정도를 넘어섰다.

이곳을 기준으로 동북쪽 방향 850미터 지점에서 한바탕 난장판이 벌어지는 중이었다.

두 개 포스면 200명이었다. 그 많은 인원이 한 마리를 다굴친다는 것은 강력한 악몽이나 좌절이라는 뜻이었다. 흐름을 보아하니 좌절 같았다. 악몽이라 보기에는 너무 일방적으로 밀리고 있었다.

"숫자가 계속 줄어듭니다. 어쩌시겠습니까?"

"마침 가는 방향이네요. 이것도 일종의 먹이사슬이니까, 기회가 되면 도와주고 아니면 말죠."

바하무트는 영웅심에 불타는 유저가 아니었다. 눈앞에서 도와달라면 못 이기는 척 도와줬을 텐데, 멀리 있는 상태에서 구하려고 달려가고픈 마음은 없었다.

유저와 몬스터는 서로 먹고 먹히는 관계였다. 알을 먹으려는 뱀이 밉다고 죽이면 생태계가 파괴된다. 게임에서 무슨 그런 걸 따지느냐 하겠지만, 이것도 일종의 재미였다.

끼에에엑!

으아아아!

가까이 다가갈수록 소란스러움이 커져만 갔다. 아주 발악을 하고 있나 보다. 걸쭉한 욕이 이곳저곳에서 쏟아졌다. 몬스터도 그에 질세라 찢어지는 고주파를 내질렀다.

스륵.

낙타가 모래언덕 가까이 다가갔다. 둘은 등에 올라타 있었기에 바라보는 시야가 높고 넓은 편이었다.

언덕 너머로 지렁이를 닮은 거대 몬스터가 보인다. 모래를 뚫고 나온 길이만 50미터에 달했다. 가죽인지 껍질인지 모를 겉 표면에 가시처럼 빳빳한 털이 수북했다.

생긴 것도 흉측했다. 소용돌이치듯 빨려 들어가는 구강은 회전톱날 같은 모양이었다.

280레벨 모래 속의 은둔자.

유사의 타크락.

놈의 레벨과 이름이었다. 예상대로 좌절 등급이 맞았다. 모래 속, 유사, 별명에서 공격 패턴이 연상됐다.

저런 종류는 야금야금 데미지를 입혀서는 죽이기 어려웠다. 일격에 치명타를 입히는 것만이 답이었다.

"어?"

"어라? 저거 퀘스트 몬스터 아니에요? 어디 보자… 오! 맞네요?

바하무트가 놀라고 브레인이 반색했다. 퀘스트 목록, '모래 포식자 타크락'에 해당하는 퀘스트 몬스터였다.

발견하기가 어려워서 허탕 치기 쉽다는 그 몬스터가 자기를 죽여달라며 울부짖고 있었다.

"막아!"

"으악! 모래로 들어간다!'

몬스터를 둘러싸고 있던 유저들이 당황했다.

타크락이 또다시 모래 속으로 파고 들어갔다. 교활하기 짝이 없었다. 놈은 불리하거나 큰 공격을 하려 할 때면 어김없이 몸을 숨겼다. 한 번 들어가면 대여섯 명은 100% 확률로 죽었다.

"제길! 벌써 반이나 죽었어."

"이러다가 피해만 입고 끝나는 거 아니야?"

다들 가슴에 똑같은 표시를 새겨놨다. 중소 길드의 레이드 였다. 누군지는 몰라도 길드장의 고생길이 훤히 열렸다.

불평불만이 속출했다. 이곳저곳에 주인 잃은 장비가 널브러져 있었다. 강제로 일과를 접고 가족의 품으로 돌아간 유저들의 것이었다. 잡는 몬스터마다 다르지만, 레이드 실행에는 적지 않은 자금이 소모된다.

지금 남은 인원이 대략 150명이었다. 반이 죽었다고 했으니 원래 300명이었다는 계산이 나온다. 이만하면 최소 몇천은 깨진다. 성공하면 대박이고, 실패하면 쪽박이다. 본전치기는 애당초 선택에서 제외된다.

푸확!

으드드득!

모래 속에 숨어 있던 타크락이 튀어나오면서 유저들을 집어삼켰다. 톱날 이빨이 회전하며 생명력을 바닥으로 떨어뜨렸다.

채채채챙!

"씨발! 가시 때문에 근접 딜러들은 거의 쓸모가 없잖아!"

"마법이든 활이든 얼른 처박아!"

타크락의 가시 길이는 1미터 정도였다. 그러나 적이 주변으로 접근하면 두세 배 이상으로 길어졌다. 이론으로 공략법을 배우고 왔다지만, 이론과 실전은 천지 차이였다.

"도저히 안 되겠다! 후퇴! 후퇴하라!"

"후퇴하라!"

견디다 못한 길드장이 후퇴 명령을 내렸다. 말이 후퇴지 사실상 도망치는 거나 마찬가지였다. 300명으로도 실패했다. 150명으로는 더더욱 무리였다.

재도전하고 싶어도 반발이 무서웠다. 상황이 악화되기 전에 길드 재정으로 보상해 줌이 이득이었다.

"어? 후퇴한다?"

"잡으시려고요?"

"스틸은 저랑 안 맞아서 보고만 있으려고 했는데, 저 사람들이 포기해 주네요. 멀리 있는 것도 아니니 후딱 처리하고 올게요."

포가튼 사가에서 몬스터에 대한 소유권은 어그로에 달려 있었다. 어그로를 끌고 있는 동안에는 건드리면 안 된다.

풀렸을 때만 소유권이 복구된다. 도중에 건드리면 비 매너였다. 동시에 발견하면 선택권은 몬스터에게 주어진다. 누구를 공격하느냐가 관건이었다. 저들은 후퇴하면서 타크락과의 거리를 벌렸다. 저러다가 일정 거리를 벗어나면 어그로가 풀릴 것이다.

"구경하세요. 갔다 올게요."

"다녀오세요."

바하무트가 낙타에서 내렸다. 그리고는 미끄럼틀을 타듯 모래를 타고 내려갔다. 그 모습이 웃겼는지 브레인이 킥킥댔다. 가끔가다 느끼는 거지만, 때로 어린아이 같았다.

*　　　*　　　*

바하무트가 내려갔을 쯤, 유저들을 쫓던 타크락은 모래 속을 파고들어 움직이지 않고 있었다. 미약한 유동이 느껴지긴 해도 그리 심하지는 않았다.

상처를 회복하려는 건지 습성이 그런 건지는 모르겠다. 말이 안 통하니 의도를 알 도리가 없었다.

<u>스스스스.</u>

모래가 빨려 들어가며 유사가 만들어졌다. 지름이 30미터에 깊이가 10미터 가까이 되는 대형 유사였다. 흡사 개미지옥을 보는 듯했다. 단순해 보여도 저 함정에 걸린다면 발버둥침을 느낀 타크락이 튀어나올 터였다. 실력이 모자라면 그걸로 끝이었다.

털썩.

바하무트가 유사 바로 위에 주저앉았다. 진동을 느꼈는지 타크락이 반응했다. 그러나 바깥으로 튀어나오거나 하지는 않았다.

생각보다 신중한 놈이었다. 조건형 선공 몬스터인가 보다. 선공은 선공인데, 특정 행동을 해야 공격하는 게 조건형 선공이다. 타크락에 비교하면 유사가 답일 것이다.

툭.

바하무트가 인벤토리에서 1골드를 꺼냈다.

그리고는 유사 속으로 내던졌다. 돌이라도 있으면 좋았을 텐데, 사방에 모래뿐이었다.

쿠르르르!

거센 움직임에 모래가 위아래로 요동친다. 타크락이 자신의 영역에 뭔가가 들어왔음을 느끼고는 모래를 빨아들이면서 생기는 현상이었다. 그 외의 행동은 없었다. 약한 도발은 무시하는 듯했다.

"에이, 재미없다."

푸욱.

뭔가 장난을 치면 재미있을 거라 여겼었다.

막상 해보니 별게 없었다. 바하무트는 금세 싫증을 내고서 팔을 모래 속으로 찔러 넣었다. 굳이 어그로를 끌지 않아도 나오게 만들 방법은 많고 많았다. 샌드헬의 환경이 환경인만

큼 뜨거운 걸 잘 버틸 터였다. 어디 얼마나 잘 버티는지 봐야
겠다.

폭화 언령술 : 사 조합 스킬.
뜨거울 염(炎), 더울 열(熱), 땅 지(地), 옥 옥(獄).
염열지옥(炎熱地獄) : 뜨겁고 더운 지옥.

부글부글.

바하무트에게서 수천 도의 열기가 발산됐다. 찔러 넣은 팔
에서 발산되는 열기가 모래 속 깊은 곳까지 영향력을 행사했
다. 모랫바닥이 녹으며 시뻘건 용암이 유사 속으로 흘러 들어
갔다. 혹독한 환경의 샌드헬도 고룡의 폭염을 버텨낼 수는 없
는 듯했다.

퍼어어엉!

끼에에엑!

타크락이 유사에서 튀어나왔다. 얼굴에 붙은 용암을 떼어
내려고 이리 부딪치고 저리 부딪치고 미친 듯이 발버둥 쳤다.

그러나 가죽을 파고들어 근육과 뼈까지 손상시켰기에 물
처럼 흩뿌리는 건 불가능했다.

"거참, 요란하네."

새끼손가락을 편 바하무트가 귀를 후볐다. 시끄러웠다. 돌

고래라도 삶아 먹었는지 귀가 간지러웠다. 하는 짓으로 볼 때, 레벨과 등급을 제외하면 별 볼 일 없어 보였다.

키아아악!

콰쾅!

화가 단단히 났는지 전신의 가시가 최대치로 곤두서 있었다. 저만하면 거의 창에 버금갔다. 타크락이 소리 지르며 머리를 내려꽂았다. 어그로가 끌린 것이다. 바하무트는 물러서지 않고 공격을 그대로 받아냈다. 날카로운 톱날 이빨이 그를 헤집었다.

"잘 가라."

폭화 언령술 : 사 조합 스킬.

일천 천(千), 터질 폭(爆), 불화(火), 구슬 주(珠).

천폭화주(千爆火珠) : 터지는 천 개의 불꽃 구슬.

콰콰콰쾅!

천폭화주가 타크락의 내부에서 폭발했다. 데미지 분산 없이 천 개의 구슬을 죄다 맞은 것이다.

단일 사 조합 스킬로는 대염왕권의 공격력이 제일이지만, 전체 공격력으로는 천폭화주와 폭권천타가 훨씬 높았다. 굳이 따지자면 두 배는 될 것이다. 평소라도 타격이 컸을 텐데,

유저들과 싸우고 난 뒤에 맞았다. 순식간에 죽기 직전까지 내몰렸다.

쿠웅!

끼아…….

몸뚱이가 터진 타크락이 숨을 몰아쉬었다. 온갖 상태이상에 걸려 피를 줄줄이 쏟아냈다. 자체회복능력으로도 살아남기 어려운 상처였다. 수백 명의 유저가 개고생하고서도 결국에는 포기했던 몬스터를 혼자서 끝내 버렸다. 그것도 단 한 방에 말이다.

띠딩!

5등급 퀘스트 모래사막의 포식자 타크락을 완료하셨습니다. 파루간의 경비대장 니벨론에게 가시면 보상을 받으실 수 있습니다.

타크락이 강하대도 그건 일반 유저들의 수준에서다. 라이세크만 해도 단독으로 죽일 수 있었다. 그러니 바하무트에게는 식후 간식거리에 불과했다. 아이템은 유니크 두 개에 레어 여섯 개를 떨궜다. 짭짤한 편이었다. 쓸모없는 잡템은 제외한 숫자였다.

"가시죠."

"할 일은 하고 가야죠."

어느 새 낙타를 타고 내려온 브레인이 길을 재촉했다. 바하무트가 그에게 양해를 구했다. 그냥 가기에는 찝찝했다.

"나오셔도 됩니다."

"흠흠!"

바하무트의 말에 모래둔덕 너머에 숨어 있던 유저들이 머리를 빠끔히 내밀었다.

비록 도망쳤어도 몬스터에 대한 미련이 남아 서성이던 중이었다. 그러다가 되돌아왔고, 그들의 상식으로는 이해할 수 없는 놀라운 수준의 전투를 목격했다.

"제가 잡았어도 여러분이 생명력을 많이 깎아났기에 쉬웠던 겁니다. 길드장이 어떤 분이십니까?"

"저, 접니다."

중년 사내가 손을 들고 앞으로 나섰다. 바하무트가 곧장 그에게로 다가가 거래를 걸었다. 길드장은 얼떨결에 거래를 수락했다.

잠시 뒤, 길드장은 자신의 인벤토리에 들어온 유니크 한 개와 레어 여섯 개를 보며 볼을 꼬집었다.

"아이템은 유니크 두 개와 레어 여섯 개가 나왔습니다. 그 중 유니크 한 개를 제외한 모두를 드렸습니다. 길드장께서는 그걸 길드원분들에게 잘 분배해 주시면 됩니다."

"어… 어……."

"그럼 이만."

길드장이 말을 더듬었다. 갑작스런 상황에 당황스러웠다. 바하무트가 짧은 인사말을 남기고 자리를 벗어났다.

브레인은 바하무트가 아이템을 넘겨줌에도 아무렇지 않았다. 아이템의 권리는 그에게 있었다. 그렇지 않더라도 유니크 한두 개로 입에 거품 물 정도로 돈이 궁하지도 않았다. 저 자신도 모르는 사이에 바하무트와 비슷한 마인드를 지니게 된 것이다.

*　　　*　　　*

콰콰콰쾅!

크에에엑!

바하무트에게로 달려들던 사막 불개미들이 고통스런 비명을 내질렀다. 한계를 초월하는 폭염에 온몸이 타들어갔다.

한 마리 한 마리가 199레벨의 악몽 등급이었다. 서열이 높은 놈들은 그보다도 강했지만, 갑작스레 찾아온 재앙 앞에서는 모든 게 무의미했다. 이건 거의 학살에 가까웠다.

"개미 떼라는 표현이 괜히 생긴 말이 아니군."

"현실에서는 제아무리 숫자가 많아도 체감으로 느껴지지

않았는데, 그걸 이곳에서야 확실히 느끼네요. 무슨 무한 번식의 아메바도 아니고… 끝도 없이 쏟아져 나오네."

징그러웠다. 족히 수천 마리 이상을 죽였음에도 줄어들 기미가 안 보였다. 죽이고 나서 사라진 빈자리를 눈 깜짝할 사이에 메꿔 버렸다. 그나마 다행은 특별히 강력한 개체가 나타나지 않아, 귀찮을지언정 일행에게 위험이 생긴다거나 하지는 않았다.

대화산에 다가갈수록 난이도가 상승했다. 조금씩 상승한다기보다는 일정 경계를 넘어서면서 출몰하는 몬스터의 능력, 지형의 까다로움 등이 단계별로 올라갔다. 지금 바하무트는 대화산과 지척에 붙어 있는 사막 불개미 서식처를 지나는 중이었다.

콰아아앙!

바하무트는 데미지가 약하더라도 광범위한 지역에 피해를 입힐 수 있는 스킬 위주로 사용했다. 사막 불개미들은 동서남북 사방에서 몰려왔다. 대염왕권처럼 단발 데미지가 강하면서 공격 범위가 협소한 스킬은 쓸데없이 용투력만 낭비시킬 뿐이었다.

<u>드드드드.</u>

사막이 들썩인다. 사막 불개미들을 상대하면서 겪어보지 못한 현상이었다. 경험에 비추어볼 때 십중팔구는 이 지역을

지키는 파수꾼이 나타나려는 징조였다. 그리고 그것은 지긋지긋한 사막 불개미들을 볼 날이 얼마 남지 않았다는 뜻과도 같았다.

"전방 30미터, 310레벨, 사막 불개미들의 우두머리입니다. 20미터, 15미터, 나옵니다."

키에에엑!

브레인이 말한 대로였다. 피보다도 붉은 껍질에 둘러싸인 거대 몬스터가 나타났다. 샌드헬에 온 뒤로 처음 상대해 본 절망 등급이었다. 덩치가 2~3층짜리 주택에 버금갔다. 주변으로 그 반 정도 되는 호위대도 함께 튀어나왔다. 상당한 전력이었다.

"실력 좀 볼까?"

"힘내시길. 저는 숨어 있겠습니다."

바하무트가 용투기를 끌어 올렸다. 그 모습을 지켜보던 브레인이 부랴부랴 피신했다. 그에게는 바하무트나 몬스터나 그게 그거였다. 그저 말이 통하고 안 통하고가 다를 뿐이지.

*   *   *

파샤샤샥.

시커먼 재로 화한 스콜피온 로드의 껍질이 바람에 흩날렸다. 바하무트의 전신에 상처가 가득했다. 접전이었다. 까닥 잘못했으면 그동안의 고생이 헛것이 될 뻔했다.

"아이고, 힘들다."

바하무트가 모래 위에 주저앉았다. 숨이 헐떡거리는 힘겨움보다는 정신적으로 지쳤다.

"벌써 세 번째… 파수꾼의 레벨이 처음보다 20이나 뛰었습니다. 사실상 인간 상태로는 한계에 도달했네요. 아직 대화산 외부인데… 내부는 어떨지 상상도 안 갑니다."

스콜피온 로드는 330레벨이었다. 사막 불개미 우두머리가 310레벨이었다는 걸 생각하면 점차 샌드헬의 깊숙한 곳으로 들어가고 있다는 것을 간접적으로 알 수 있었다.

"끄응, 거리는 얼마나 남았습니까?"

"10킬로미터 남았습니다. 대화산을 본 적은 없지만, 왠지 규모가 엄청날 것 같은데, 육안으로 확인이 안 되네요. 아무래도 마법으로 필드 전체를 가려놓은 듯싶습니다."

거리가 많이 떨어졌대도 대화산이라 명명될 정도면 이쯤부터 육안으로 확인되거나 열기가 느껴져야 정상이었다. 그런데도 깜깜 무소식이었다.

바하무트와 브레인은 이런 상황에 대한 경험이 풍부했기에 당황하지 않고 만약을 가정했다.

"가다 보면 나오겠죠."

"대화산 내부에 발을 들여놓는 순간, 마법이 풀리며 주변 환경이 급변할 겁니다. 레벨과 화속성 저항이 낮은 저로서는 그전까지가 함께할 수 있는 한계일 듯합니다."

끄덕.

바하무트가 동의했다. 피닉스가 서식하는 곳이었다.

모르긴 몰라도 크라디메랄드가 잠긴 초열공간에 버금가는 최악의 환경을 지녔으리라 예상된다. 브레인의 능력으로 버틴다는 건 말도 안 되는 일이었다. 다가가다 보면 접근하지 말란 식의 경고음이 뜰 것이다. 그때 돌아가는 게 현명한 선택이었다.

터벅.

이동함에 따라 대화산과의 거리가 좁혀졌다. 줄기차게 이어지던 몬스터의 공격이 스콜피온 로드를 마지막으로 사라졌다. 사막 낙타는 빠르다. 진혈은 모랫바닥인 사막에서도 말처럼 달릴 수 있다. 아무런 방해 없는 10킬로미터쯤이야 찰나에 불과했다.

그리고 목표 거리를 다 채우자마자 알림음이 들려왔다. 내용은 둘 모두 제각각이었다.

띠딩!

경계를 넘어서면 샌드헬의 중심부 대화산(재앙)에 입장하게 됩니다.

당신은 대화산에 입장할 최소한의 자격을 갖추셨습니다. 족종 특성과 화속성 친화력 산정 결과, 입장 시 본신 능력의 2ㅁ%가 증가합니다. 원활한 활동을 원하시면 본체로 현신하시기 바랍니다.

"최소한인가?"

"허? 바하무트 님의 입장 조건이 최소한인가요? 저는 발을 내딛는 즉시 죽을 거라네요."

브레인의 알림음은 살벌하기 그지없었다. 단순히 죽는 게 아니었다. 대화산의 열기에 노출되면 육체가 불타 증발됨은 물론이고, 영혼조차 녹아내려 영구적으로 5레벨이 다운된단다. 시스템이 말하기를, 아직 늦지 않았으니 살고 싶다면 돌아가란다.

믿기 어려웠지만, 바하무트의 화속성 저항으로도 최소한이었다. 과연 재앙다운 입장 기준. 그 높디높은 벽을 철저히 실감했다. 꼼수 자체를 틀어막는 운영진의 한 수였다.

"이곳부터는 혼자 가겠습니다."

"음, 아쉬워도 어쩔 수 없죠. 저는 돌아가서 슈타이너 님과 다른 대륙십강분들의 3차 전직 준비를 하겠습니다. 이것저것

미리 해놓으면 푹 쉬고 출발할 수 있겠네요."

"감사합니다. 이번 달 정산금 기대하시길, 아마 바다의 로망을 이루실 수 있을 겁니다."

브레인은 팜비치에 산다. 팜비치에 사는 사람들은 바다가 한눈에 보이는 넓은 집과 함께 그 바다를 누빌 요트를 꿈꾼다. 알다시피 요트의 가격은 천차만별이다. 작은 건 수백만 원이지만, 비싼 건 수십억을 호가한다.

평생 게임만 하며 살 수는 없었다.

브레인은 훗날 게임을 접고, 그동안에 번 돈으로 대형 요트를 사서 노후를 즐기고 싶었다. 예전에는 꿈도 못 꿨을 포부였다. 하지만 바하무트를 만난 이후 한 달에 억 단위의 정산금을 받았다. 그런데 더 기대하란다. 그가 저리 말할 정도라면 안 봐도 뻔했다.

씨익.

브레인이 바하무트를 보며 웃었다. 항상 고마움에도 더는 고개를 굽히거나 하는 행동을 자제했다. 단단히 쌓인 신뢰는 돈보다 값졌다. 표현하지 않아도 느낄 것이다.

"좋네요."

"좋죠."

한마디 남긴 브레인이 텔레포트를 했다. 일단은 파루칸에 들러 아슐라카에게 낙타를 반납해야 했다. 그다음 퀘스트를 완료시키고 루펠린 왕궁으로 돌아감이 순서였다.

"피닉스 보러 가자."

브레인을 보내고 혼자가 된 바하무트가 몸을 돌렸다. 그가 한 치의 망설임도 없이 마지막 경계를 넘었다.

우우우웅!

마법이 풀리면서 공간이 흔들렸다. 조금 전만도 사막이었다. 그러나 발을 내디딘 순간부터 한눈에 파악하지도 못할 붉은 대지가 펼쳐졌다. 그리고는 까마득한 절벽 아래로 킬로미터 단위를 넘어서는 화산 분화구 수백 개가 아가리를 벌리고 있었다.

*　　　*　　　*

감탄이 절로 나온다. 대화산은 바하무트가 지금까지 봐왔던 그 무엇보다도 압도적이었다. 뭐라 표현하기가 어려웠다.

작은 영지만큼 거대한 화산 분화구가 한두 개도 아닌 수백 개였다. 더 확인해 봐야 알겠지만, 지름 파악이 불가능할 정도로 큰 것도 보였다. 퀘스트가 갱신된다거나 하는 일은 없었지만, 딱히 걱정되거나 하지는 않았다. 들어온 이상 목적 달성은 순조로울 것이다.

"덥다. 환경은 초열공간과 비슷해. 들어갈수록 화속성 저항 수치가 높아지지는 않겠지?"

인간 상태라도 화속성 저항이 1만을 가볍게 넘어간다. 그런데도 최소한이었다. 여기서 필요 수치가 상승하면 본체로 현신해야 했다. 본체는 강력한 단일 개체와의 전투에는 유용할지 몰라도 그 밖의 전투에는 불리했다. 되도록 이 모습 그대로가 이로웠다.

펄럭.

바하무트가 날개를 펼쳤다. 이미 대화산의 내부로 들어왔다. 날아도 문제되지 않는다.

"몬스터가 안 보이네……."

지이이잉!

용마안이 전개되며 시야가 넓어졌다. 작은 움직임마저 놓치지 않겠다는 마음가짐으로 이동 구간을 샅샅이 훑어봤다. 그러나 웬일인지 몬스터의 모습을 찾을 수 없었다.

"이상하네. 마법이 걸렸으면 피닉스가 모를 리가 없는데. 영역 침범을 알아채지 못한다는 게 말이 돼? 반신이? 생각 같아서는 난리 치고 싶지만, 죽고 싶지는 않으니까."

이곳저곳 미친 듯이 들쑤시다가 몬스터의 어그로가 한꺼번에 끌리기라도 하면 난감한 사태가 벌어진다.

대화산은 재앙 등급의 필드에 던전이 더해진 공간이었다.

언제 어디서 뭐가 어떻게 튀어나올지 예측불가였다. 누울 자리보고 발을 뻗어야 한다. 레벨 믿고 막 나가다간 황천길을 걷는다.

피이이잉!

콰아아앙!

"크악!"

편안하게 하늘을 날던 바하무트가 돌연 육체를 강타하는 충격에 화산 분화구 속으로 낙하했다. 무방비 상태에서 당했기에 크리티컬이 터졌다.

그 탓에 전체 생명력의 20%가 날아갔다. 그의 방어력을 생각하면 엄청난 데미지였다.

부글부글.

정신을 차리려고 해도 워낙 찰나에 벌어진 일이라 몸을 가누지 못했다. 결국 용암 바다에 빠져 버렸다.

'어떤 놈이냐.'

바하무트는 용암 바다에 빠지고서야 자유를 얻었다.

그는 무작정 뛰쳐나가지 않고 앞으로 벌어질 전투를 위해 풀 도핑을 시작했다. 화속성 저항 덕분에 용암에서 오히려 생명력이 회복됐다. 방어력을 뚫고 들어온 데미지만 봐도 최소 데이로스 급이었다. 정말 재수가 없으면 아쿠락트 급일지도 모른다.

출렁!

드드드드!

바하무트가 용투기를 전개했다. 전력은 자제했다.

상대가 누구인지 확인하고 결정해도 늦지 않는다. 한 놈에게 모든 것을 보였다가 무기력에 걸리면 끝이었다. 이곳에는 항상 등을 봐주던 슈타이너와 브레인이 없었다.

퍼엉!

용암 바닥에 발을 디디고 있던 바하무트가 그곳을 기반 삼아 솟구쳤다. 단단한 바닥에 금이 가며 그를 밀어냈다.

"거기냐?"

용투기의 도움으로 기감이 넓어지며 적의 기척이 느껴졌다. 놈은 분화구 위쪽에서 움직이지 않고 있었다. 재차 공격하기보다는 그가 나오기를 기다리고 있었나 보다.

폭화 언령술 : 사 조합 스킬.

큰 대(大), 뜨거울 염(炎), 임금 왕(王), 주먹 권(拳).

대염왕권(大炎王拳) : 거대한 염왕의 주먹

쿠아아앙!

대염왕권이 곡선으로 꺾이면서 목표물을 향해 날아갔다. 그리고는 분화구 주변 수십 미터를 초토화시켰다.

"피해?"

바하무트의 눈썹이 꿈틀거렸다. 폭발 직전 불그스름한 무언가가 폭발 반경을 벗어났다. 눈으로 확인하기 어려울 만큼 빠른 속도였다.

어디서 공격이 날아올지 모르기에 대비해야 했다. 정신을 집중해서 전신의 감각을 공유했다.

스슥.

"뒤냐?"

쩌어어엉!

기척이 느껴지자마자 뒤로 돌아 염왕권을 내질렀다. 거기에 맞춰 상대도 공격을 내뻗자 두 기운이 충돌하며 고막을 뒤흔드는 충격파가 퍼져 나갔다.

화르르륵.

수천 도의 폭염에 대기가 불타올랐다. 활활 불타오르는 불꽃 너머로 적의 모습이 흐릿하게 보였다. 이윽고 짧은 공방전 끝에 서로를 확인할 수 있는 시간이 주어졌다.

키히히히!

"이거……."

기분 나쁘게 웃어대는 적을 보며 바하무트가 낮게 되뇌었다. 쉽지 않겠다. 레벨도 레벨이고 머리 위에 떠 있는 정보가 보통 몬스터가 아님을 증명했다. 수많은 퀘스트를 완료한 경험이 말해줬다. 저놈을 해결해야만 피닉스를 만날 수 있다고 말이다.

*　　　*　　　*

화륵.

수면을 취하던 피닉스가 눈을 떴다. 대화산 외각에 걸어놓은 마법에 낯선 기운이 포착됐다. 방문객이 찾아왔나 보다.

플뤼톤 이후로는 수백 년만의 일이었다. 말을 바르게 하면 플뤼톤은 방문객이 아닌 불청객이었다.

'나의 냄새가 난다. 크라디메랄드가 보낸 용족인가? 이만한 기운이라면 장군이겠구나.'

원래라면 기운을 느낀 즉시 마중 나가는 게 예의였다. 그러나 피닉스는 제자리에서 움직이지 않았다. 대화산으로 진입한 용족의 기운이 새어 나가는 것을 막아야 했다.

플뤼톤에게 발각당하면 불완전한 상태나마 봉인을 해제할 터였다. 위험이 되리란 걸 알면서도 내버려 둘 바보는 없었다. 더 나아가 다른 이유도 있었다.

대화산은 피닉스의 둥지다. 중심부를 플뤼톤에게 뺏겼어도 그의 영향력은 여전했다. 다만, 이곳저곳을 제집처럼 돌아다니는 그 변종 놈을 죽이려면 약간의 힘을 써야 한다. 피닉스라도 여러 가지 일을 병행하면서 플뤼톤을 속이는 것은 벅찬 일이었다.

"크크, 딴청을 부리는군. 무슨 생각을 하는가?"

"언제부터 남의 일에 관심을 뒀지? 그대가 상관할 바가 아니니, 신경 꺼줬으면 좋겠군."

다른 생각을 해서인지 피닉스의 집중력이 흐트러졌다. 플뤼톤은 그 틈을 놓치지 않고 파고들었다.

이처럼 자리를 지키고 있는데도 반응이 왔다. 자리를 비우고 변종을 죽여 크라디메랄드가 보낸 용족을 맞이한다면 빼도 박도 못하고 아무런 준비도 없이 전투에 들어갈 것이다. 좋지 않은 경우였다. 계획의 성공을 위한다면 조심할 필요가 있었다.

"고집이 대단하군. 그렇게 버티고 있어봐야 달라지는 것은 없다. 불의 권능이 허락된 존재 중에서 가장 약한 너로서는 날 이기지 못한다. 힘의 차이가 느껴지겠지?"

"순순히 당해주지 않는다고 말했을 텐데? 이기진 못해도 다시 대화산에 처박아주겠다."

둘은 시간이 지날수록 힘을 되찾았다. 문제는 똑같이 되찾아도 애당초 본신의 능력에서부터 차이가 났기에 힘의 격차가 명확했다. 유저들이 봤다면 확실했을 것이다.

플뤼톤 432레벨.

피닉스 405레벨.

현재 그들의 레벨은 건재했을 상태의 90%였다. 이것을 토대로 계산해 보면 완전해질 경우 플뤼톤은 480레벨, 피닉스는 450레벨이라는 결론이 내려진다.

유저든 몬스터든 30레벨 차이라면 무시하기 어려웠다. 플뤼톤의 자신만만함을 알 만했다.

"기대하지."

"뜻대로는 되지 않을 것이다."

흥미가 식었는지 플뤼톤의 음성이 사그라졌다. 지금은 자중할 때였다. 가만두면 회복될 것을 긁어 부스럼 남길 필요가 없었다.

피닉스도 그에게서 관심을 거두고는 마법으로 차단시켜 놓은 외부로 시야를 확장했다.

'최상위권 장군이 아니라면 이기기 어렵겠으나 방법이 없으니 최선을 다해주길 바란다.'

충돌이 거세지면서 용족의 기운이 폭증했다. 본격적인 전투가 진행되려 하고 있었다.

*　　　*　　　*

크키키키!

바하무트가 상대를 관찰했다. 실실 쪼개는 게 불길한 놈이었다. 상당히 거슬렸다. 피륙으로 이루어진 살아 있는 생명체는 아니었다. 불의 신전에서 봤던 이그니스처럼 전신이 타오르고 있었다. 다른 점이라면 불이라기보다는 진득거리는 마그마라 보는 게 옳았다.

390레벨 침식당한 피닉스의 가디언.

마그마 골렘 킹 볼카이노스.

전체적인 명칭은 피닉스와 관련 있어 보였다. 일반적인 가디언은 마그마 골렘이고, 킹이 붙었으니 모든 마그마 골렘의 수장이란 뜻이 성립된다.

바하무트는 침식당한이라는 단어에서 피닉스의 제어를 벗어났다는 것을 어렴풋이 알아챘다. 정답이었다. 볼카이노스는 피닉스가 대화산을 수호하기 위해 만든 존재였다. 그런데 플뤼톤이 대화산에 처박히면서 떨어져 나간 살점이 그에게 달라붙었다.

의도했다기보다는 살점 자체의 살아남으려는 의지에 의한 결과였다. 어쨌거나 내부에서 두 개의 강대한 권능이 충돌했다. 그 탓에 상대적으로 약한 편이었던 볼카이노스가 미쳐 버렸고, 둘의 제어를 벗어났다. 한마디로 이도저도 아니게 된 것이다.

"레벨이 너무 높은데… 스킬 분배 잘해야겠는걸?"

바하무트가 370레벨이라는 숫자를 보고는 침을 꿀꺽 삼켰다. 적절한 스킬 분배가 관건이었다. 평소에도 조심해서 사용했지만, 더더욱 조심해야만 했다. 볼카이노스가 처음부터 370레벨이었던 것은 아니었다. 피닉스는 분명히 350레벨로 제한해 뒀었다.

그러다가 피닉스가 플뤼톤에게 침식당한 뒤로 볼카이노스가 멋대로 휘하 마그마 골렘들을 무차별적으로 습격해서 기운을 흡수했다. 대화산이 조용한 것도 그래서였다. 피닉스는 볼카이노스를 제거하려다가 내버려 뒀다. 그나마 본능은 남았는지 그와 플뤼톤에게는 달려들지 않았다.

말을 듣지는 않아도 존재 이유인 수호자로서의 역할을 해내기에는 무리가 없던 것이다.

크히히히!

볼카이노스는 기분이 매우 좋았다. 약한 녀석들을 잡아먹은 뒤로 수백 년 동안 계속해서 혼자였다. 중앙에서 살아가는 괴물들이 있었지만, 가까이 다가가기가 두려웠다.

잠만 퍼질러 잤다. 할 일이 없으니 잠이라도 자야 했다. 그런데 잠을 자던 도중 낯선 기운을 느꼈다. 바로 머리 위에서였다.

상대는 뭔가를 찾는지 대화산 주변을 두리번거렸다. 대놓고 쳐다봤지만 용암 속에 있느라고 알아채지 못했는지 그냥 지나쳤다. 인사 차원에서 가볍게 한 방 날려줬다.

상대는 그것을 맞고는 나가떨어졌다. 죽었나 싶어 실망할 찰나에 용암을 뚫고 뛰쳐나와 제법 매서운 공격을 가했다. 쌓이고 쌓인 무료함을 달래줄 장난감이 나타났다.

크오오오!

쿠아아아아앙!

볼카이노스가 힘을 개방했다. 동심원을 그리는 초고열의 파도가 그를 중심으로 물결치듯 퍼져 나갔다. 반경 안에 있던 바하무트가 미처 피하지 못하고 고스란히 맞았다.

우웅!

유형화된 용투기의 보호막이 다가오는 파도를 막아냈다. 동그란 모양에 구멍이 뚫리면서 원형이 일그러졌다.

"10%? 강하다. 화속성 저항을 뚫고도 10%가 달았다면 본체로 현신해도 못 이긴다. 급할수록 돌아가라 했다. 천천히… 신중하게… 내게 주어진 것을 잘 이용해 보자."

바하무트는 깨달았다. 볼카이노스와 정면에서 붙는 것은 무리였다. 지금까지는 감당할 만한 놈들하고만 싸웠기에 단점을 커버하며 성과를 거뒀지만, 이번에는 달랐다.

저만한 데미지라면 본체라도 생명력이 뭉텅이로 깎여 나갈 터였다. 알다시피 본체 상태에서는 포션 복용이 불가능했다.

순식간에 바닥을 칠 것이다. 몬스터에게 몬스터만의 장점이 있듯이 유저에게도 유저만의 장점이 있다.

대표적으로 스킬이 여기에 속한다. 그는 모두가 부러워하는 히어로 아이템을 몇 개나 보유했다. 그리고 거기에는 등급에 맞는 특수 스킬들이 다양하게 내장되어 있었다. 다소 비겁해 보이더라도 전투 패턴을 바꿀 생각이었다. 적의 진을 빼놔야 했다.

"샤프니스 윈드 사이드."

파파파팟!

육안으로 확인할 수 없는 수백 개의 칼날이 모습을 숨긴 채 볼카이노스에게로 쇄도했다. 사마귀 초원 정벌전에서 임페라토르를 죽이고 얻은 아이템의 특수스킬이었다.

촤촤촤촤!

감인지, 보이는 건지 모르겠다. 볼카이노스는 형태를 자유자재로 바꿔가며 칼날들을 전부 피해냈다. 바하무트는 당황하지 않았다. 한 번으로 끝낼 거면 시작도 안했다.

"샤프니스 윈드 사이드 X2."

임페라토르 세 마리가 뱉은 아이템은 똑같았다. 옵션도 같을 수밖에 없다. 공격 옵션은 이것 하나뿐으로 쿨타임은 일주일이었다. 이제 세 번을 사용했으니 끝이었다.

꿀꺽.

바하무트가 뒤로 빠지면서 포션을 복용했다. 줄어들었던 용투력이 가득 차올랐다. 대화산까지 오느라고 많은 보조 물품을 소모했다. 그래도 아직 여유가 있는 편이었다.

크아아아!

한 개의 스킬은 괜찮아도 두 개의 스킬은 못 피하겠는지 몇 방을 허용했다. 마그마가 잘리면서 팔다리가 떨어져 나갔다. 그렇지만 안심은 금물이었다. 금세 이어지더니 원상 복구됐다. 볼카이노스가 팔다리를 쓰다듬는 걸 보면 데미지는 있는 듯했다.

"타락한 어둠의 심판."

바하무트의 왼손에 수십 미터 길이의 암흑 망치가 생겨났다. 어지간한 건물은 일격에 무너뜨릴 만큼 거대했다.

부우우웅!

콰앙!

암흑 망치가 볼카이노스를 후려쳤다. 마그마의 형태가 짓뭉개지며 분화구의 경사면에 처박혔다.

"히드라의 분노."

파아아앙!

바하무트가 독사왕의 이빨을 내던졌다. 맹독을 내포한 녹색 독기가 분출되며 주변 일대를 뒤덮었다. 아이템을 분실할 염려는 없었다. 몬스터가 가져갈 일도 없고, 이곳으로 올 만큼 수준 높은 유저도 없었다. 싸우다가 적당한 기회를 봐서 회수하려 했다.

"이만하면 타격 좀 입었을라나?"

죽길 바라는 건 욕심이었다. 중상 역시 그러했다. 그냥 상처 입은 티라도 나길 바랐다.

휘잉.

독기의 유지 시간이 끝나며 볼카이노스가 처박힌 분화구의 경사면이 모습을 드러냈다.

"뭐야? 그대로 있잖아? 370레벨이 저래도 되나? 공격력만 강하고 다른 건 쥐약인 건가?"

파팟!

볼카이노스의 모습이 경사면에서 사라졌다. 그럼에도 바하무트는 당황하지 않았다. 정면에서 다가오는 중이었다. 모습을 감출 수는 있어도 기척마저 감추지는 못한다.

"이번에는 뭘 먹여줄⋯⋯."

말을 하던 바하무트가 급히 위를 쳐다봤다. 두 손을 깍지 낀 볼카이노스가 떨어지고 있었다.

"이런!"

기척이 두 개였다. 정면과 상공이었다. 종종 이런 종류의 몬스터는 상황에 따라 자신을 분열시켰다. 능력이 줄어들어도 잘만 이용하면 적의 허를 찌르는 데 유용했다.

콰아아앙!

용투기에 둘러싸인 바하무트가 오른팔로는 정면의 공격을, 왼팔로는 상공의 공격을 막아냈다. 각기 다른 방향에서 공격받아서인지 육체가 찌부러지는 느낌이 들었다. 어찌어찌 첫 번째는 잘 막아냈지만, 이어지는 공격은 정말이지, 예상 밖이었다.

"제길……."

시야가 붉게 변했다. 볼카이노스가 한두 마리가 아닌 수십 마리로 분열했다. 양팔이 봉쇄돼 버린 바하무트는 사방에서 몰아치는 공격들을 샌드백처럼 두들겨 맞았다.

콰콰콰콰콰콰!

타격 부위마다 폭발이 일어나며 이차적인 피해를 입혔다. 한 방 한 방이 염왕권에 필적했다. 방어력 보정 덕분에 실질적인 데미지는 적었지만, 누적 양은 만만치가 않았다.

"크흑! 데, 데이로스의 흑폭풍!"

휘리리릭!

퍼퍼퍼펑!

바하무트가 회전했다. 그에게서 시작된 흑폭풍이 볼카이노스를 집어삼키고는 조금씩 부피를 늘려갔다. 그의 아이템 중에서 세 번째로 좋은 검은 폭풍의 권능이었다.

후우우웅!

높이 백 미터에 직경 수십 미터가 넘는 거대한 흑폭풍이 대화산을 들쑤셨다. 흑폭풍의 데미지는 폭화 언령술의 사 조합 스킬보다 강하고 오 조합 스킬에는 못 미쳤다.

내장 스킬이 몬스터가 살아생전에 사용했던 데미지를 그대로 뽑는다면 그건 사기였다.

콰앙!

흑폭풍의 중심부가 터졌다. 다시금 하나가 된 볼카이노스가 터뜨린 것이다. 폭발에 휩쓸린 바하무트가 허공으로 튕겨 나갔다.

생각을 고쳐먹었다. 무시무시한 놈이었다. 레벨보다도 더한 강함을 보유하고 있었다.

크으으으!

볼카이노스가 힘을 끌어 올렸다. 가까운 거리에 담겨 있던 용암들이 그에게로 몰려들었다.

바하무트만 했던 덩치가 수십 배로 불어났다.

대충 상대해 줬더니 이상한 기술들로 괴롭혔다. 그냥 넘기기에는 충격이 적잖았다. 더 피해 보기 전에 기를 꺾어놔야겠다.

'이제 남은 건……'

바하무트는 볼카이노스의 힘이 폭증함을 느끼면서도 침착하게 사용 가능한 아이템의 숫자를 계산했다. 괜찮았다. 아직 여유가 있었다.

도움이 될 만한 스킬은 전부 쓰려 한다. 그것으로 안 되면 그때서야 직접 부딪친다.

* * *

화르르륵.

용암으로 이루어진 거인이 움직였다. 한눈에도 바하무트 본체 상태의 두 배는 돼 보였다. 존재감마저 압도적이었기에 체감으로 느껴지는 압박감은 상상 이상이었다.

쿠우우웅!

하늘에서 용암 덩어리가 낙하했다. 운석 등의 천재지변은 아니었다. 용암 흡수로 거대해진 볼카이노스의 주먹이었다.

크기가 어지간한 중형 자동차에 버금갔다. 바하무트는 막을 생각조차 못하고 물러서기 바빴다. 더도 말고 둘도 말고 단 한 방에 생명력이 40%가 날아갔다. 방심하다 맞아봐서 잘 알았다. 연속으로 이어졌던 후속타까지 맞았다면 죽었을지도 모른다.

스윽.

"이제 하나 남았다."

바하무트가 인벤토리에서 칠흑빛의 할버드를 꺼냈다.

아이템에 저장됐던 모든 특수스킬을 써버렸다. 남은 것은 어둠의 미궁 76층에서 헬 나이트 마스터 큐페일을 죽이고 얻은 일그러진 재앙뿐이었다. 그가 지닌 아이템 중 유일하게 소환스킬이 붙어 있었다. 큐페일은 330레벨의 강력한 헬 나이트답게 순수 무기술을 사용하는 전사 계열의 마족이었다.

"나의 부름에 답하라. 헬 나이트 마스터 큐페일이여."

우우우우!

바하무트가 잡고 있던 할버드를 놨다. 그에 할버드가 허공으로 두둥실 떠오르며 공명음을 내뱉었다. 그리고는 이내 산산조각 나며 흩어지더니, 반경 수십 미터를 시커먼 공간으로 변질시켰다. 그 속에서 오 미터 덩치의 큐페일이 모습을 드러냈다.

"나의 유품을 지닌 자여. 불러낸 이유가 무엇인가?"

"저놈을 최대한 막아라. 되도록 전투에 지장이 생길 만큼의 큰 상처를 내줬으면 좋겠다."

드륵.

큐페일이 볼카이노스를 쳐다봤다. 공작 급의 기운이 그를 짓눌렀다. 소환자의 명령에 따라야 하는 게 소환수의 의무였다. 그러나 그 명령을 이행할 수 있으리라고는 여겨지지 않았다. 정상이었어도 모자랄 판에 5분의 소환 시간으로는 어림도 없었다.

"해보겠다."

"부탁한다."

파팟!

바하무트가 큐페일에게서 멀어졌다.

재정비하는 틈틈이 볼카이노스를 공격하려 함이었다. 제아무리 강하다고 해도 생명력이 정해져 있었기에 한계는 명백했다. 가랑비에 옷 젖듯이 야금야금 갉아먹다 보면 제풀에 지쳐 쓰러질 것이다. 큐페일이 마지막이었다. 최대한 잘 사용해야 했다.

쿠쿠쿠쿠!

볼카이노스가 큐페일을 내려다봤다. 새로운 놈이 나타났다. 이번에는 덩치가 조금 컸다. 풍기는 기운도 제법이었다. 재미있을 것 같았다.

콰쾅!

볼카이노스의 얼굴의 터져 나갔다. 그걸 기점으로 육체 곳곳에서 폭발이 일어났다. 멀리 떨어져 있던 바하무트가 쥐도 새도 모르게 천폭화주를 중첩시켜 터뜨린 것이다. 기습을 당한 볼카이노스가 포효했다. 그의 분노에 대화산이 응답했다. 용암이 채찍처럼 변하더니 바하무트에게로 날아갔다. 먹이를 잡으려는 뱀을 보는 듯했다.

슈슈슈슛!

큐페일이 용암 채찍과 바하무트 사이를 가로막았다. 그의 할버드가 다크오러에 둘러싸였다. 폭풍처럼 휘몰아치는 할버드의 몸놀림에 날아오던 용암 채찍이 잘려 나갔다.

크아아아!

어그로가 이쪽저쪽으로 나뉘어 끌렸다. 보통의 저레벨 몬스터였다면 우왕좌왕 갈피를 잡지 못했겠지만, 고레벨 몬스터는 뭔가 달라도 달랐다. 목표가 계속 바뀌자 시스템이 임의대로 고정 어그로를 결정했다. 가까이서 움직임을 방해하는 큐페일이었다.

콰콰콰쾅!

볼카이노스와 큐페일이 정면으로 맞붙었다. 자유자재로 변형하는 용암과 어둠의 기운, 다크오러의 싸움이었다. 대부분의 공격은 전자 쪽이었고 방어가 후자 쪽이었다.

어쩌다가 겨우겨우 반격해도 용암에 닿자마자 다크오러가 증발했다. 초라한 모습임에도 어쩔 수가 없었다. 볼카이노스의 강함은 진짜였다. 그나마 바하무트가 짜증나리만큼 치고 빠지는 게 도움이 됐다. 위기 순간에는 어김없이 흐름을 끊어 버렸다.

'3분.'

일상생활에서도 5분은 빠르게 지나간다. 이런 급박한 상황에서는 더 말할 것도 없었다.

스거거거!

크아!

큐페일의 할버드가 볼카이노스의 팔을 내려찍었다. 육체 구성이 자연 형태로 되어 있다면 일반적인 공격으로는 타격을 입히지 못한다.

입히려면 오러나 마법의 도움이 필요했다. 다크오러도 오러의 한 종류였기에 당연히 타격을 입혔고 덕분에 팔이 잘리면서 용암 공급이 중단됐다. 잘렸다는 소리였다.

"어딜!"

콰아아앙!

바하무트는 용암이 떨어지는 팔을 이으려고 할 때를 노렸다. 그는 잘린 틈 사이로 백화주를 집어넣었다. 그 탓에 볼카이노스의 왼팔이 완전히 증발했다. 이제부터가 중요했다. 다시 대화산의 용암을 끌어 올리면 지금까지의 노력이 수포로 돌아간다. 그러지 못하도록 막아야 했다. 회복할 시간을 주지 않고 몰아붙이는 게 답이었다.

'2분.'

370레벨의 볼카이노스도 바하무트와 큐페일이 힘을 합침에 밀리는 감이 없잖아 있었다.

"더는 버틸 수 없다. 무리다."

"조금만!"

마계의 금속으로 만들어진 큐페일의 갑옷이 녹아내렸다. 그것은 곧 그 자체가 녹아내린다는 것이나 마찬가지였다. 이러다간 소환 시간이 끝나기도 전에 죽을 판이었다.

"두 번은 없다. 일격, 일격에 끝낸다. 현신."

푸화아악!

바하무트가 본체로 현신했다. 폭염이 분출되며 그의 덩치가 볼카이노스의 반절까지 부풀었다. 그와 동시에 화속성 저항이 두 배나 오르며 본신 능력이 50% 증가했다.

"하아아아!"

용투기를 전력으로 전개했다. 본신 능력의 30%가 추가로 증가했다. 총 80%였다. 죽이지는 못해도 최소 반파될 정도의 치명상을 입혀야 했다.

이곳은 볼카이노스의 홈그라운드, 놈 또한 환경적인 어드밴티지를 받았을 터였다. 그걸 생각하면 유리하다 보기 어려웠다.

큐페일이 역소환되면 단독으로 상대해야 하는데 그럴 자신이 없었다.

크아아아!

볼카이노스가 큐페일을 끌어안았다. 자주 보던 모습이었다. 바하무트의 염열지옥을 보는 듯했다.

용암을 뒤집어쓴 갑옷이 시뻘건 쇳물이 되어 지상으로 뚝
뚝 흘러내렸다. 이곳이 대화산만 아니었다면 이렇게까지 일
방적으로 당하지는 않았을 거다. 환경에 의한 능력치 증가는
강할수록 뻥튀기 된다. 370레벨이라면 어지간한 399레벨 이
상이었다.

염왕대겁신.

화룡왕의 레프트 암.

바하무트가 폭염에 휩싸이며 태양이 됐다. 두 가지 스킬의
영향으로 불의 권능이 한순간이나마 400레벨 가까이 치솟았
다. 이것이야말로 그가 낼 수 있는 전력이었다.

폭화 언령술 : 오 조합 스킬.
불꽃 염(炎), 죽일 살(殺), 땅 지(地), 옥 옥(獄), 칼 검(劍).
염살지옥검(炎殺地獄劍) : 불꽃조차 죽이는 지옥의 검.

지이이잉!
길이가 백 미터에 달하는 염살지옥검이 하늘을 꿰뚫을 듯
뿜어졌다. 원래는 쌍검이지만, 그거야 쓰기 나름이었다. 양손

으로 나누면 쌍검이고 손을 겹치면 일검이었다.

"대화산과 함께 반으로 쪼개져라!"

후우우웅!

드드드드!

염살지옥검이 그어지는 공간이 진공 상태에 들어갔다. 대기에 분포된 공기가 모이는 속도보다 타는 속도가 빨라서다. 세상이 양분된다는 느낌이 들 만큼 무시무시했다.

크오오오!

바하무트가 준비한 시간은 볼카이노스에게도 다가오는 공격을 대비할 만한 시간을 부여해 줬다.

언어로 외치지 않을 뿐이지, 몬스터에게도 고유의 스킬이 존재한다. 종류가 어떻든 간에 유저들의 스킬보다 위력도 강하고 딜레이도 훨씬 짧았다. 볼카이노스 정도의 절망이라면 바하무트의 오 조합 스킬쯤 되는 스킬을 몇 개 이상 보유하고 있었다.

퍼어어엉!

대화산에서 분출되는 시뻘건 용암들이, 다시 한 번 볼카이노스에게로 빨려 들어갔다.

그전에 보여줬던 현상과는 스케일부터가 남달랐다. 비교 자체가 모욕이었다. 볼카이노스가 순도 100%의 용암으로 변해갔다. 그전에는 약간의 이물질이 껴 있었다면 지금은 잡티 하나 없이 순수하고 깨끗했다. 너무나도 밝아 눈이 마비될 지경이었다.

쩌어어엉!

볼카이노스가 내려오는 염살지옥검을 붙잡았다. 손가락이 불꽃을 쥐어짜듯 움켜쥐었다.

불끈불끈!

콰지지직!

두꺼운 핏줄이 바하무트의 가죽 위로 선명하게 드러났다. 전신의 근육이 요동쳤다. 볼카이노스가 힘에 부치는지 점점 밀려났다. 그런데도 바하무트의 표정은 안 좋았다.

"이, 이걸 막아? 20초 안에 못 끝내면 내가 밀린다!"

염왕대겹신은 10분간 유지되지만, 화룡왕의 레프트 암은 20초에 불과했다. 화룡왕의 권능을 빌려 오고도 막았다면 권능이 사라진 염살지옥검은 우위를 점하지 못한다.

우우우웅!

바하무트가 입을 벌렸다. 용투력이 줄어들며 기운을 끌어모았다. 가까이 붙어 있다면 몰라도 거리가 멀리 떨어져 있었다. 염살지옥검을 펼치면서 동시에 사용할 만한 적절한 스킬이 떠오르지 않았다. 그렇다면 용족의 특허인 브레스가 최적이었다.

"죽어라."

퍼어어엉!

극한으로 압축한 브레스가 대기를 관통했다.

보통 때도 작은 영지 하나를 날려 버리는 위력이었다. 염왕
대겁신의 본신 능력 두 배 증가와 환경친화력 50%, 용투기
30%, 화룡왕의 권능까지, 어지간한 중소도시쯤은 통째로 지
워 버릴 것이다. 바하무트는 승리를 의심치 않았다.

브레스에 직격당해 폭발하는 시점에 맞춰서 염살지옥검을
내리그으려 했다. 그리되면 볼카이노스 할아버지가 와도 살
아남지 못한다.

그러나 그가 잊고 있는 점이 있었다. 자연 형태의 몬스터는
신체를 자유자재로 변형시킨다. 예를 들어 저렇게.

크캬캬캬!

쑤욱!

볼카이노스가 상체만 남겨두고 하체를 흩뜨렸다. 브레스
가 목표물을 잃었다. 참으로 어처구니없는 결과였다. 힘이 분
산됐기에 염살지옥검에 데미지를 입었어도 결과적으로는 큰
공격을 피했다. 바하무트로서는 다 잡은 물고기를 놓친 기분
이었다.

쿠오오오!

브레스가 대화산을 직격하며 그 지역 일대를 날려 버렸다.
실로 어마어마했다. 맞췄어야 했다. 저걸 맞췄으면 끝나는 게

임이었다. 뼈아픈 실수였지만, 이미 늦어버렸다.

"될 대로 되라!"

콰콰콰콰!

바하무트가 닥치는 대로 스킬을 퍼부었다. 브레스도 같이
발사했다. 화룡왕의 레프트 암은 유지 시간을 진작 넘겼다.
스킬의 도움으로 강해졌기에 마음이 급해졌다.

스스스슷!

볼카이노스의 움직임이 한결 수월해졌다. 상대의 힘이 줄
어들며 그를 짓누르던 제약이 약해져서였다. 이러다가 최후
의 보루인 염왕대겁신마저 풀린다면 답이 사라진다.

"같이 죽자."

볼카이노스에게 밀려 염살지옥검이 멈췄다. 밀지도 밀리
지도 않고 있었다. 쓸데없이 힘겨루기를 할 시간이 없었다.
그가 원하는 건 이기는 거지 비기는 게 아니었다.

폭화 언령술 : 오 조합 스킬.

*터질 폭(爆), 불꽃 화(火), 멸망할 멸(滅) 넋 혼(魂), 구슬
주(珠).*

폭화멸혼주(爆火滅魂珠) : 영혼조차 멸하는 폭염의 구슬.

바하무트라도 오 조합 스킬의 동시 사용은 힘들었다. 순차

적과 동시는 엄연히 뜻이 달랐다. 그렇지만 힘이 남았을 때 뭐라도 해봐야 했다. 바닥을 치면 선택권도 없었다.

웅웅!

폭화멸혼주가 볼카이노스에게로 접근했다. 분명히 몸을 흩뜨려서 피하려고 할 것이다.

스스스슷!

역시나.

저 교활한 놈은 조금 전 써먹었던 방법을 또 써먹었다. 또 먹힐 거라고 착각하나 보다.

"이왕이면 내가 살고 네가 죽었으면 좋겠다."

퀘스트에 성공하려면 볼카이노스라는 벽을 넘어야 한다. 여기서 저지당하면 피닉스 관련 퀘스트를 허무하게 날려야 했다.

솔직히 성공 페널티인 레벨 초기화를 생각하면 당장 포기하고 팠지만, 게임을 즐기는 법에 어긋난다.

꿈과 모험, 그것이 게임 속의 바하무트가 추구하는 이상향이었다.

"쾅!"

크악?

바하무트가 입으로 신호했다. 볼카이노스는 그가 하는 신호의 의미를 못 알아들었다.

"'쾅'이라고, 이놈아."

콰아아아아앙!

볼카이노스의 지척까지 다가간 폭화멸혼주의 제어가 풀리면서 붉어진 세상이 그들을 집어삼켰다. 염살지옥검도 폭발에 합류했다.

수백 미터 반경을 넘어 킬로미터 반경까지 범위를 넓힌 대폭발이 대화산을 뒤덮었다.

40장
만년염옥

콰득.

붉은 건틀렛, 화룡왕의 송곳니가 무너져 버린 대화산의 잔해를 뚫고 튀어나왔다. 바하무트가 자신을 뒤덮은 이물질들을 치우며 힘겹게 몸을 일으켰다. 무리한 스킬 운용과 폭발에 휩쓸린 여파 탓에 육체가 과부하에 걸려 무기력 상태에 들어가 버렸다.

예상했던 결과이기에 당황스럽지는 않았다. 그가 궁금한 것은 볼카이노스의 생사였다.

"내 몇 배를 넘어서는 데미지를 받고도 살아 있다니… 높

은 화속성 저항 덕분이겠지?'

볼카이노스는 죽지 않았다. 생사를 확인하는 방법은 간단하다. 몬스터는 경험치 덩어리로서 죽인 유저에게 경험치를 선물한다.

그리되면 레벨업을 할 수 있었다. 바하무트의 레벨은 전투 전과 똑같았다. 변동이 있다면 죽은 것이고 없다면 산 것이다. 다른 속성의 몬스터였다면 두 개의 스킬 폭발을 못 버텼으리라. 동일 속성 저항 수치의 영향으로 데미지가 줄어든 게 분명했다.

파앗!

바하무트가 만신창이가 된 육체를 치료했다. 그래 봐야 생명력만 채우는 평범한 응급처지에 불과했다. 본체도 풀렸고 용투기도 동결됐다. 그렇다고 끝난 것은 아니었다.

"가까이 오기만 해봐라."

메모라이즈 스크롤을 무더기로 사 왔다. 하나같이 고위마법이었다. 고레벨 몬스터에게는 비싼 가격 대비 효율이 최악이지만, 볼카이노스의 상태가 나쁘다면 도움이 될 것이다. 대화산이라는 생각에 화속성의 반대 속성인 수, 빙속성으로만 준비했다.

크오오오!

바하무트의 반대편, 수백 미터 이상 떨어진 곳까지 튕겨 나간 볼카이노스가 용암을 뒤집어쓴 채로 걸어 나왔다.

그에게서 광기와 분노가 느껴졌다. 말이 통하지 않아도 이유 정도는 파악할 수 있었다.

크아!

볼카이노스가 바하무트의 위치를 파악했다.

그리고는 지체 없이 움직였다. 한번 어그로를 끌면 그 범위를 벗어나기 전에는 따돌릴 수 없다. 대체로 어그로 범위는 몬스터가 서식하는 지역에 해당한다. 레벨과 등급이 높으면 높을수록 범위가 넓어지는데 볼카이노스의 서식처는 대화산 전체였다.

철퍽.

볼카이노스는 제대로 걷지 못했다. 계속해서 무너지고 수복되기를 반복했다. 용암들이 몰려들고 있었지만, 회복 속도가 굉장히 더뎠다.

딱 봐도 정상이 아니었다. 여유가 사라지고 없었다. 겉모습은 어찌어찌 유지돼도 정작 중요한 내부 핵에 큰 타격을 입었다. 인간에게는 심장에 해당되는 부분이었다.

스슥.

바하무트가 손을 들어 올렸다. 저 멀리서 다가오고 있는 볼카이노스의 모습이 보였다. 스크롤의 사정거리는 정확히 백 미터였다.

그 안에 들어올 때까지 기다려야 했다. 미리 사용하면 애꿎은 스크롤만 버리는 꼴이다.

"지금."

촤악!

스크롤이 찢기며 밝은 빛을 내뿜었다. 그러더니 곧 워터 블래스트, 아쿠아 웨이브, 아이스 허리케인, 프로즌 버스터 등의 마법들을 쏟아냈다. 목표는 볼카이노스였다.

쩌쩌쩌쩡!

볼카이노스가 공격마법의 기운을 읽었다. 미약한 그의 권능이 움직이며 주변으로 용암의 벽을 둘러쌌다.

두께가 얇았다. 위태위태해 보였지만, 제 역할을 톡톡히 해냈다.

마법들이 벽과 충돌했다. 반대 속성끼리의 충돌로 인해 새하얀 수증기가 피어올랐다.

부글부글.

용암이 뭉쳐지며 열기가 조금씩 거세졌다. 볼카이노스가 힘을 끌어 모으는 것이다.

한계에 달했기에 전처럼 마음대로 행동할 수는 없는지 모이는 속도가 느렸다. 그것만도 무시 못 할 수준이었지만 말이다.

파팟!

심상치 않음을 느낀 바하무트가 허공으로 날아올라 거리를 벌리려고 했다. 지상에서는 행동에 가해지는 제약이 심했다. 불을 다룬다고 용암까지 다루는 건 아니었다. 스킬을 사용하는 것과 자연 자체를 수족처럼 부리는 것은 엄연히 다른 일이었다.

퍼펑!

바하무트가 날아올랐다.

그와 동시에 뭉쳐지던 용암이 볼카이노스의 왼팔로 몰려들었다. 순식간에 거대화 상태 때의 크기로 변한 팔이 바하무트에게로 분출됐다. 족히 그를 한 손으로 쥐어짤 만큼의 크기였다.

콰드드득!

커헉!

재빨리 행동했지만, 결과적으로 팔에 붙잡혀 버린 바하무트가 조이는 압력에 헛숨을 내뱉었다. 용투기에 보호받지 못하는 순수 능력으로는 버티기가 힘겨울 정도였다.

부웅부웅!

볼카이노스가 허공에서 팔을 빙글빙글 돌렸다. 바하무트의 생명력이 급격히 줄어들었다. 문제는 그게 아니었다. 줄어든 생명력은 도로 채우면 된다. 그러나 포션을 복용하려면 그에 걸맞은 동작을 취해야 했다. 양팔이 묶여 행동을 취할 수가 없었다.

크아아아!

"안 돼!"

볼카이노스가 돌리던 팔을 힘차게 내려쳤다. 수십 미터 상공에 떠 있던 바하무트가 지상으로 빠르게 곤두박질쳤다.

생명력이 반 가까이 줄어든 상태였다. 이대로 처박히면 죽거나 그에 준하는 데미지를 입을 것이다.

끝이었다.

뭐가되든 죽어서 강제 로그아웃됨은 따놓은 당상이었다.

피이이잉!

콰쾅!

바닥에 부딪친 바하무트가 의아한 표정을 내지었다. 생명력이 달기는 달았는데, 생각보다 데미지가 미약했다. 이제와살려줄 리는 없다. 부딪치기 직전, 힘이 풀리는 느낌이 들면서 이상한 소리도 같이 들렸다. 소리의 근원지는 볼카이노스 쪽이었다.

크아…….

어디선가 날아온 날카로운 무언가가 볼카이노스의 상체를 가름과 동시에 그 안에서 보호받던 핵을 쪼개 버렸다.

가뜩이나 바하무트가 일으킨 대폭발로 제 기능을 못하던 중이었다. 이건 치명타를 넘어선 결정타였다. 심장이 쪼개지고도 살아남을 인간이 없듯이 볼카이노스도 핵이 파괴되어 살아남기는 글렀다. 바하무트가 그 모습을 보고는 두 눈을 껌뻑였다.

"저게 뭐야?"

볼카이노스의 등 뒤로 활활 타오르는, 길쭉하면서도 둥그스름한 물체가 바닥을 뚫고 박혀 있었다.

이름이 달려 있지 않으므로 만지기 전에는 정체 파악이 어려웠다. 굳이 유추해 보자면 깃털? 그래, 깃털 같았다. 단지 그 크기가 바하무트의 몸통만큼 무지막지할 뿐이지.

크아아아!

쿠웅!

볼카이노스가 포효했다. 저 깃털을 보면 누가 이랬는지 확인하지 않아도 알 수 있었다.

끼어들지 않을 거라 생각했다. 그가 처한 상황은 끼어들 수가 없는 상황이었다. 그런데 그 생각이 가볍게 짓밟혔다.

방심의 대가는 참혹했다. 세상에서 단 하나밖에 없는 소중한 목숨을 잃어버렸다.

쿠쿠쿠쿠!

바하무트가 본능적으로 하늘을 올려다봤다. 대화산 전체를 뒤덮는 존재감이 그곳에서 느껴졌다.

태양이 내려오고 있었다. 실제 태양은 아니지만, 그렇다는 착각이 들 만큼 눈이 부셨다.

"피닉스……."

저걸 대체 뭐라고 설명해야 할까? 바하무트가 지금까지 봤던 모든 몬스터 중에서 가장 거대했던 몬스터는 단연 히드라였다. 거의 수십 층짜리 건물만 했었다. 피닉스는 그것보다도 족히 두 배는 더 거대했다. 400레벨을 넘는 반신다운 위용이었다.

띠딩!

대화산의 신조 불사의 피닉스가 나타났습니다. 현재 그는 무척이나 다급한 상황에 처했습니다. 남은 시간이 별로 없기에 마음의 준비를 해 두시는 편이 좋을 겁니다.

"마음의 준비?"

바하무트는 문득 불길한 기분이 들었다.

마음의 준비를 해두란다. 그가 피닉스를 만나서 해야 할 준비라고는 하나밖에 없었다.

"크라디메랄드가 보낸 자여! 시간이 없다! 선택하라! 잃어버린 나의 꼬리를 되살려 주겠는가?"

지상에 안착한 피닉스가 사전 설명 없이 본론으로 들어갔다. 시간을 벌기 위해 플뤼톤에게 강력한 속박마법을 걸어두고 왔지만, 임시방편에 불과했다.

몇 분이면 파훼하고 따라올 것이다. 그전에 꼬리를 되살려야 했다. 바하무트와 볼카이노스의 전투를 알아채지 못하게끔 만들려고 마법 장벽을 조절했다. 마지막에 생긴 대폭팔만 아니었다면 정상적인 절차를 밟았을 터였다. 하지만 이미 엎질러진 물이었다.

"어서!"

"하하……."

바하무트는 꿀 먹은 벙어리가 돼버렸다. 나타나자마자 하는 말이 고작 저거였다. 말인즉, 레벨 초기화를 결정하라는 소리였다. 각오하고 왔지만, 막상 그 순간이 다가오자 망설여졌다. 이 퀘스트가 350레벨을 버릴 가치가 있는지도 의심스러워졌다.

우우우우!

"그가 오고 있다! 어떡하겠는가?"

"나도 참……."

바하무트가 고개를 살짝 흔들었다. 여기까지 왔는데 딴생각을 하다니. 막판에 뒤집을 거였음 애당초 오지도 않았을 것이다. 고민이 날아갔다. 남은 것은 대답뿐이었다.

"좋습니다."

"고맙네! 힘든 결정인 만큼, 그대에게 본안이 해줄 최고의 보상을 약속하도록 하겠네."

콰우우우!

피닉스가 힘을 회복하는 순간 상공에서 다가오던 플뤼톤이 지옥화염을 퍼부었다. 하늘 전체가 검붉게 변하더니, 세상에 종말을 고할 위용을 지닌 불의 파도가 밀려들어 왔다.

* * *

출렁!

플뤼톤이 대화산 깊은 한곳에 잠겨 있던 육체를 드러냈다. 용암 바다가 출렁이며 길을 열어줬다.

머리부터 발끝까지 족히 백오십 미터는 될 법한 붉은 거인이 용암을 뚫고 나오는 모습이란 무시무시했다. 다섯 쌍의 뿔과 세 쌍의 날개, 잘 벼린 칼처럼 날카로운 꼬리는 마계를 지배하는 구대군주의 한 명이자 발록의 왕이라는 명칭에 걸맞았다.

"이놈! 이 교활한 놈!"

피닉스가 펼친 마법장막에 속아 까막눈이 돼버렸다. 바깥에서 무슨 일이 벌어지고 있는지 알아채지 못했다.

마법장막의 허용 범위를 넘어서는 대폭발이 아니었다면 계속해서 속고 있었을 터였다. 교활한 피닉스는 볼카이노스가 전투 불능에 빠질 때까지 꾹 참고 기다렸다. 제법 강한 녀석이라 건재한 상태에서는 쉽게 제압하기 힘들다는 걸 이용한 것이다.

우우우우!

콰지지직!

플뤼톤이 지옥화염을 일으켰다. 시뻘건 불꽃이 그의 의지를 받아들여 육체를 구속하던 피닉스의 속박을 단번에 부서뜨렸다.

수백 년 만이었다. 수백 년 만에 세상 밖으로 빠져나왔다.

아직 힘이 불완전했지만, 방해물들을 치워 버리기에는 충분했다.

콰쾅!

화산 폭발과 함께 플뤼톤이 상공으로 치솟았다. 저 멀리 날아가고 있는 피닉스가 보였다. 무슨 짓을 벌이려는지 몰라도 뜻대로 되게 하지는 않는다.

육체가 반파되는 한이 있더라도 끝을 봐야겠다. 시일이 앞당겨지긴 했지만, 언젠가는 해야 했을 일이었다. 피닉스가 도박을 벌였다면 커지기 전에 차단하는 게 옳았다.

"용족? 화룡인가? 크라디메랄드의 종자 놈들!"

날아가던 피닉스가 지상에 안착하더니 누군가와 대화를 나눴다. 본질을 파악하는 군주의 눈으로 확인해 봤다.

대화 상대에게서 뜨거운 기운이 느껴졌다. 용족의 화룡, 다름 아닌 자신을 대화산에 처박은 크라디메랄드의 자식이었다. 저놈이 볼카이노스와 싸운 장본인일 것이다.

"이, 이런 멈춰!"

플뤼톤이 당황했다. 피닉스의 기운이 조금씩 강해졌다. 용족의 힘을 흡수하는 듯했다.

콰우우우!

미처 반도 끌어 모으지 못한 지옥화염을 토해냈다. 선명한 붉은색과는 비교되는 검붉은색이었다. 그러나 늦어버렸다. 힘을 흡수한 피닉스의 꼬리가 재생되며 종국에는 그의 기운을 넘어섰다. 낭패였다. 오랜 세월 세워놨던 계획이 수포로 돌아갔다.

쿠아아아아앙!

피닉스가 날개를 활짝 펼치며 수천수만 개의 불덩이를 날려댔다. 자세히 보니 볼카이노스를 공격했던 깃털이었다.

두 공격이 만나면서 바하무트가 일으킨 것보다도 훨씬 위력적인 대폭발을 만들어냈다.

"죽여주마! 플뤼톤!"

"이놈! 이렇게 된 이상 네놈의 영단을 뽑아 먹어서라도 과거의 권능을 되찾고야 말겠다!"

두 반신이 서로를 향해 이빨을 내밀었다. 누군가 죽어야 끝날 반신들의 전쟁이었다.

*　　　*　　　*

콰콰콰쾅!

한 번의 충돌에 상공의 구름이 밀려나고 대화산을 넘어 샌드헬 전체가 뒤흔들렸다. 모든 몬스터가 숨을 죽이고 고개를 조아렸다.

죽을지도 모른다는 공포심이 본능을 짓누른 것이다. 퀘스트 완료로 1레벨이 되어버린 바하무트는 대화산 구석에 숨어서 몸 사리기에 급급했다. 피닉스의 축복이 없었다면 충격파에 휩쓸리는 것은 둘째 치고 화속성 부족으로 환경에 타 죽었을 터였다.

현재 그의 수준은 40~50레벨의 유저 정도였다. 아이템은 착용 제한에 걸려 벗겨졌고 영단으로 올린 능력치를 제외한 전직과 레벨 능력치가 전부 초기화됐다.

그렇기에 아공간의 컬렉션 중에서 아무거나 레벨 대에 맞는 것을 껴입은 상태였다. 죽지 않으려면 생명력을 조금이라도 올려놔야 했다. 파편에만 스쳐도 현실 게이트를 탄다.

콰앙!

바하무트에게로 불덩이가 떨어졌다. 그가 아연실색하며 날아올랐다. 하늘에서 불의 비가 쏟아지며 대화산 곳곳을 초토화시키고 있었다. 이런 상황에서는 지상보다 공중이 낫다. 공중은 불덩이만 피하면 되지만, 지상은 폭발 범위까지 계산해야 했다.

피잉!

"크윽! 뭐, 뭐야?"

불덩이에 정신을 집중하던 바하무트의 날개가 무언가에 꿰뚫렸다. 개미 눈물 같은 생명력이 단번에 빨려 나갔다. 정면에서 날아온 공격이 아니었다. 후미에서 날아온 공격이었다. 비행기도 한쪽 날개가 부러지면 중심을 못 잡고 빙글빙글

돌다가 추락한다. 그도 마찬가지였다. 포션을 복용할 새도 없이 그대로 추락했다.

콰당!

곧바로 일어난 바하무트가 공격이 날아온 쪽을 쳐다봤다. 저 멀리 핵이 쪼개져서 죽을 날만 기다리는 볼카이노스가 그를 노려보고 있었다. 레벨을 보고 알아챘어야 했다. 피닉스와 플뤼톤의 전투에 신경 쓰느라고 생사를 확인하지 못한 게 실수였다.

"무서워서 가까이는 못 가겠다."

마음 같아서는 죽이고 싶었지만, 발톱을 숨기고 있는 거라면 그냥 지켜보는 게 최고였다. 레벨을 포기하고서야 이곳까지 왔다. 여기서 죽으면 억울해서 눈을 못 감는다.

"독사왕의 이빨부터 회수하자."

어딘가에 꽂아놨던 창이 생각났다. 억 단위 가격이라 무시할 수는 없었다. 유저든 몬스터든 집어 가지만 않으면 움직이지 않는다. 그러니 박아놓은 자리에 있을 것이다. 바하무트는 볼카이노스에 대한 미련을 버리고 창을 찾으러 갔다. 역시나 화산 한편에 자신을 맡겨두고 있었다. 착용은 불가능해도 집는 것쯤은 1레벨도 가능했다.

퍼어어엉!

띠딩!

113레벨이 오르셨습니다. 3차 전직 퀘스트까지 완료한 기록이 유효합니다. 특수 퀘스트에 의해 레벨이 초기화되셨기에 자동적으로 1차 전직 퀘스트를 완료하셨습니다.

"좋아!"

볼카이노스의 숨이 끊겼나 보다. 알림음이 들리며 바하무트의 레벨이 순식간에 113레벨까지 치솟았다. 중간에 방해가 있었음에도 과연 370레벨에 걸맞은 경험치였다.

내심 전직 퀘스트를 다시 수행해야 하면 어쩌나 하고 고민했다. 그런데 그 고민이 싹 사라졌다. 쉽지는 않겠지만, 단순한 레벨업이라면 복구하기가 한결 수월해진다.

타탁.

1차 전직을 했기에 유니크까지 착용이 가능해졌다. 바하무트가 과거에 사용하던 아이템들을 착용했다. 3차 전직 이후로 퇴물 신세가 됐던 녀석들이 다시금 빛을 발하는 순간이었다. 능력치 포인트도 재분배하자 나름 답답하지 않을 정도로는 변했다.

"불쌍하네."

볼카이노스가 누워 있던 자리에 집채만 한 바위가 떡하니 놓여 있었다. 산도 무너뜨릴 고레벨의 몬스터가 깔려 죽은 것이다. 아이템도 같이 깔렸는지 육안으로 식별하기가 어려웠다. 바위를 치우거나 부숴야만 그 눈부신 모습을 보여줄 것만 같았다.

바하무트가 바위 앞으로 걸어갔다. 치울 수 있을지 없을지는 모르겠다. 상공에서는 여전히 두 괴물의 전투가 한창이었다.

한곳에서 계속 싸우지 않고 동에 번쩍 서에 번쩍 이리저리 나타났다 사라지기를 반복했기에 거리가 상당히 멀어졌다. 간혹가다 공격이 날아오면 바위 뒤에 숨었다.

쿠쿠쿠쿠!

그극!

장비 빨에 힘입어 바위를 밀어냈다. 그러자 아주 조금씩이나마 굴러갔다. 예전이었다면 미는 것은 기본이고 한 손으로도 들어 올렸을 텐데, 지금은 미는 게 고작이었다.

바하무트가 기억하기로는 1차 전직 당시에는 폭화 언령술을 삼 조합까지 사용했었다.

3차 전직 때와 비교하면 형편없겠지만, 못으로 벽을 뚫듯 염왕권을 연속으로 갈기면 이만한 바위쯤은 부수고도 남았을 것이다. 용투기가 동결되지만 않았다면 말이다.

쿠웅.

바위가 치워지며 볼카이노스가 떨군 아이템들이 외부에

드러났다. 화속성 몬스터답게 바하무트에게 도움되는 종류로만 가득했다.

히어로가 한 개였고 밑으로는 세기도 귀찮았다. 대충 훑어보다 괜찮다 싶은 녀석은 착용했고 나머지는 아공간으로 보냈다. 아쉬운 점이라면 유일하게 나온 히어로가 갑옷이란 것이었다. 이미 겁화의 위엄을 지녔기에 갑옷 종류는 있으나마나였다.

"어제 랭킹 순위 갱신됐으니까 한 달 남았네. 다음 주기까지 복구 못하면 난리 나겠지?"

포가튼 사가의 랭킹시스템은 한 달에 한번 갱신된다. 당장은 유지해도 그 기간이 지나면 밑바닥도 안 보이는 무저갱 속으로 빨려 들어간다.

전직 퀘스트가 없어졌어도 그토록 짧은 시간 내에 200레벨 이상을 올리는 건 무리였다.

자그마치 사 년 동안 올린 레벨이었다. 하루도 빼먹지 않고 사냥만 파고들어도 족히 반년은 걸릴 터였다. 피닉스가 줄 만년염옥에 기대를 걸어보는 수밖에 없었다. 대가를 치렀으니 보답을 받을 차례였다. 만약에 개털이라면 이건 사기 중의 사기였다.

끼아아악!

크오오오!

혼자 보기 아까운 격전이었다. 바하무트가 멀리 떨어져 동영상을 촬영했다. 피닉스와 플뤼톤은 18레벨 차이였다. 피닉스가 이겨야 하기에 도와주고픈 마음은 굴뚝같았지만, 고래 싸움에 새우가 끼어들었다간 등이 터져 죽는다. 원래는 새우까지는 아니고 참치 정도는 됐는데 어쩌다 보니 새우가 돼버렸다. 정말이지 슬픈 현실이었다.

"뭐, 이 미약한 힘이라도 필요한 상황이 온다면 기꺼이 보태겠지만, 그럴 일은 없겠네."

처음에는 막상막하로 붙었었다. 그러나 가면 갈수록 전세가 피닉스에게로 흘러갔다. 플뤼톤은 그의 힘이 약간이나마 본인을 넘었다는 점에서의 초조함 때문인지 흥분하는 모습을 내보였다. 이대로 간다면 피닉스의 승리는 불 보듯 뻔한 일이었다.

*　　　*　　　*

드드드드!

창조신에게 불의 권능을 허락받은 네 명의 반신 중에서 둘이 싸우는 여파는 무지막지했다.

하늘과 땅이 뒤집히는 현상이 수시로 일어났다. 그들에 비하면 바하무트의 전투력은 애들 장난에 불과했다. 비교 자체가 모욕이었다. 그가 전력을 다할 공격이 그들에게는 가볍게 지르는 평타였다. 400레벨 이상은 레벨을 뛰어넘는 무언가가 있었다.

"크윽! 피닉스."

"오늘날까지 아무런 안배조차 안 해놨으리라 착각했나? 크라디메랄드를 제외하면 나와 이프리트는 안중에도 두지 않았기에 이 같은 일이 발생한 것이다. 높은 곳에 있을수록 아래를 살펴야 하거늘. 자만심의 말로이니 누굴 탓할 필요는 없다, 플뤼톤."

피닉스는 싸우는 도중에 플뤼톤의 폭급한 성격을 마구잡이로 헤집었다. 비록 강해졌어도 승패에 큰 영향을 줄 정도로 강해진 것은 아니었다. 충분히 뒤집힐 만한 차이였다. 그렇기에 조금이라도 승률을 높이려고 틈나는 대로 플뤼톤을 도발했다. 결과는 성공이었다. 피닉스는 그걸 잘 이용해서 전투를 효율적으로 이끌어 나갔다.

"염화의 숨결."

용족과는 사뭇 다른, 대화산의 정기를 품은 피닉스만의 기운이 뿜어졌다. 공격에 적중당한 플뤼톤의 거체가 화산 사이로 처박혔다. 그는 경각심을 느꼈다. 반신이라고 해서 불사신은 아니었다. 늙어 죽지는 않더라도 누군가의 손에 죽을 수는 있었다. 당장은 버텨도 지금과 같은 열세가 계속되면 언제고 그런 날이 오긴 올 것이다.

"받아봐라."

"이익! 불사의 염화인가?"

피닉스의 육체를 뒤덮고 있는 불꽃이 몇 배나 거세졌다. 전력으로 부딪칠 속셈이었다. 플뤼톤의 행동이 급해졌다. 막아야 했다. 못 막으면 최소 팔 한 짝은 내줘야 했다.

"흠, 피닉스. 그만하는 게 어떻겠나?"

"이 목소리는……."

피닉스가 설마라고 생각하며 고개를 돌렸다. 언제 나타났는지 황금 왕관을 쓰고 있는 창백한 인상의 사내가 그의 곁에 다가와 있었다. 사내의 정체를 확인한 피닉스의 표정이 일그러졌다. 반대로 플뤼톤의 표정은 살아났다. 참으로 기가 막힌 타이밍이었다.

"워리놈!"

"그대가 어찌? 죽은 자들의 왕국을 비웠다는 건가? 아벨리온이 가만있을 리가 없는데?"

"겸사겸사 눈속임을 좀 해뒀지. 플뤼톤을 좀 데려가야겠어. 양해를 해줬으면 좋겠네."

"헛소리!"

"자리를 오래 비워둔다면 죽은 자들의 왕국이 멸망하겠지만, 이곳의 누군가도 죽겠지?"

피닉스가 이를 악물었다. 누군가는 바로 그 본인이었다. 구대군주의 두 명을 동시에 상대하는 것은 미친 짓이었다. 칠대용왕의 수장인 크라디메랄드라도 목숨을 걸어야 할 만큼 막강했다. 선택의 여지는 없었다. 그냥 순순히 보내주는 게 답이었다.

"허락으로 알지."

파팟!

워리놈이 플뤼톤에게로 텔레포트했다. 그리고는 그의 어깨에 손을 댔다. 시동어만 외치면 대화산을 벗어난다.

그러나 벗어나기 전에 멀리 떨어진 구석으로 시선을 돌렸다. 그곳에는 오래전 죽은 자들의 왕국에서 아달델칸을 쓰러뜨린 바하무트가 있었다. 힘을 잃은 채로 말이다.

씨익.

워리놈이 미소 지었다. 거리가 멀어 그 웃음을 눈치채지는 못했겠지만, 상관없었다.

"또 보게 될 것이다. 용족이여."

파팟!

워리놈이 플뤼톤을 데리고서 대화산을 벗어났다. 눈 깜짝할 사이에 벌어진 일이었다. 어떤 상황인지 이해하고 있는 존재는 피닉스가 유일했다. 바하무트에게는 사람이 나타났다 사라졌다 정도로만 해석됐다. 설명이 없다면 그리 알고 넘어갈 터였다.

후우우웅!

펄럭.

상공에 떠 있던 피닉스가 지상으로 내려왔다. 그가 멈춘 곳
은 바하무트의 눈앞이었다. 궁금한 것이 많을 것이다. 용족과
도 관련된 일이기에 차근차근 설명해 줘야 했다.

"어디부터 설명해야 할까……."

"그것보다 저는 이제 어떻게 되는 겁니까? 이렇게 약해진
상태로 살아가야 하는 겁니까?

보상 먼저 내놓으라는 소리였다. 바하무트에게는 다른 무
엇보다도 중요한 사안이었다.

"그렇군. 그 일을 시작으로 조금 전에 일어난 일에 대해 하
나하나 설명하겠네. 받게나."

> 피닉스로부터 만년염옥을 받으셨습니다.

> [피닉스의 만년염옥 : 레전드]
>
> **설명** : 창조신에게서 불의 권능을 허락받은 네 존재의 한 명
> 인 피닉스가 대화산에서 만 년 동안 품었으며, 소유 자체만으로

도 불의 축복을 받을 수 있는 염화의 원천이다.

종류 : 복용/영약, **제한** : 1차 전직 이상(허락된 자만 사용가
능).

능력 : 화속성 강화, 저항 +2,000.

특수 옵션

1. 복용 즉시 150레벨 증가(4차 전직의 벽을 넘을 수는 없음).

2. 생명력, 마력 회복 속도 30% 증가(피닉스가 지닌 불사의 권
능을 일부나마 이어받음).

레전드 등급의 영단답게 소름 끼치는 옵션을 보유하고 있
었다.

복용 즉시 150레벨이 증가된다. 4차 전직의 벽을 넘을 수
는 없어도 399레벨까지는 영단으로 올릴 수가 있다는 소리였
다. 그러려면 249까지는 자력으로 올려야 했다. 300레벨 대
의 경험치가 극악하다는 걸 떠올리면 희소식이라 할 만했다.
회복 속도 30% 증가도 인간 상태에서는 몰라도 포션 복용이
불가능한 본체에 최적화된 옵션이었다. 화속성 관련은 넘어
가겠다.

결론적으로 어떻게 이용하느냐에 따라 이득과 손실이 정해진다. 그런데 피닉스를 도와주고 레벨을 포기한 보상치고는 속된말로 거지 같았다. 레벨업을 해야 함은 변함없기 때문이었다. 이런 개고생을 하고도 본전치기, 혹은 좀 더 낫다면 그게 그거였다.

"자, 그럼 대화를 나눠보겠는가?"

"그러죠."

바하무트가 피닉스를 응시했다. 뒤이어질 이야기를 듣고 나서 판단해도 늦지 않는다.

*   *   *

우웅!

용암을 동그랗게 뭉쳐 놓은 모습이었다. 보는 것만으로도 눈이 익어버릴 듯했다. 대화산의 온도가 손바닥에 꽉 잡히는 작디작은 만년염옥에 지배당했다.

나중에야 알았지만, 화속성 저항이 1만 이하라면 다가가지도 못하고 2만 이하라면 잡는 즉시 소유자를 녹여 버리는 무시무시한 놈이었다. 바하무트가 건재할 당시의 화속성 저항은 2만에 조금 못 미쳤다.

그는 350레벨의 화룡이었다. 그것도 평균 아이템 세팅이 히어로였다. 그런데도 죽을 정도라면 존재 자체를 잊으라는 소리였다.

"결론적으로 만년염옥을 복용하면 불의 성지에 갇혀 있는 이프리트 님에게도 도움이 된다는 말씀이시군요. 저의 힘을 나눠 받는 만큼 만년염옥의 힘도 나눠 받을 테니까."

"만년염옥의 힘은 절대적일세. 이프리트가 가한 제약이 성장을 방해한대도 모든 것을 무로 돌려 버릴 권능이 잠재되어 있다네. 복용하지 않고 통째로 갖다 바친다면야 효과가 더 확실하겠지만, 자네가 처한 상황으로 볼 때 추천하고 싶지는 않다네."

둘은 많은 대화를 나눴다. 주로 바하무트가 질문을, 피닉스가 답변을 맡았다. 만년염옥을 받고 퀘스트 보상이 거지 같다고 한탄했었다. 그런데 상상외의 꿀 보상이었다. 만년염옥의 옵션 중에서 복용 즉시 150레벨 증가의 활용 폭이 생각보다 넓었다.

겁화의 위엄을 받은 대가로 경험치의 일부를 나눠주는 제약에 걸렸다. 그게 아니었다면 볼카이노스를 죽이고 20~30레벨은 더 올라갔을 것이다.

피닉스의 설명으로는 만년염옥이 지닌 옵션이 복용하는 레벨을 기준으로 이프리트에게도 적용된단다.

여기서 중요 포인트는 사용 시점에 따라 달라진다는 만년염옥의 적용 효율이었다.

미니멈인 113~263레벨과 맥시멈인 249~399레벨의 경험치는 그야말로 천지 차이였다. 쉽게 말하자면 되도록 맥시멈에 맞춰 이프리트에게 막대한 경험치를 한꺼번에 몰아줘야 한다는 뜻이었다. 그리되면 바하무트에게 걸려 있는 제약이 최소화된다.

249레벨까지 키우기가 만만치는 않다. 그러나 2차 전직 퀘스트를 건너뛰고 폭화 언령술과 올 유니크의 장비라면 적어도 대륙전쟁 전까지는 빠듯하게나마 시간을 맞출 터였다. 다음 달에 갱신되는 랭킹 순위에서 이사벨라에게 밀리는 건 감수해야 했다.

"이해했는가?"

"이해했습니다. 그럼 조금 전에 일어났던 현상은 무엇입니까?"

"용마전쟁에 관해서 얼마나 아는가?"

"용마전쟁이요?"

"플뤼톤을 데려간 자의 이름은 워리놈, 죽은 자들의 왕국을 다스리는 죽음의 군주라네."

"아!"

바하무트가 놀란 표정을 지었다. 플뤼톤은 마계의 군주였다. 그런 탓에 마족과 관계됐을 거라는 생각은 했었다.

그런데 워리놈이라니, 이건 예상 밖이었다. 피닉스는 그의 동요를 이해했다. 용족과 마족은 떼려야 뗄 수 없는 존재들이었다.

"용마전쟁 당시, 칠대용왕은 각자의 휘하 부대를 이끌고 구대군주와 싸웠다네 하지만 용왕은 일곱인데 반해 군주는 아홉이나 됐기에 용왕 중 두 명이 네 명의 군주를 감당해야 했다네."

"그게 가능합니까?"

"숫자가 적다뿐이지 칠대용왕의 개개인은 구대군주의 상위권에 해당하는 실력을 지니고 있었다네. 크라디메랄드는 대군주인 사탄을 상대해야 했기에 제외됐고, 그다음으로 강했던 빙룡왕 자드라크와 뇌룡왕 아벨리온이 최종적으로 선택됐다네."

뇌룡왕 아벨리온은 용마전쟁에서 죽음의 군주 워리놈과 매혹의 군주 리리스를 상대했다.

용마전쟁 속에서 가장 치열하고 힘겨웠던 순위로 따지자면 능히 세 손가락 안에 꼽히는 전투였다. 제아무리 최약체라도 두 명의 군주와의 목숨을 건 결전이었다. 쉬웠을 리가 없었다.

결과는 무승부.

아벨리온의 자랑이었던 멋들어진 뿔과 날개 전부가 꺾이

고 튕겨졌다. 그 후유증으로 수면에 들었다. 워리놈과 리리스도 마찬가지였다. 리리스는 본체에 심각한 타격을 입고 마계로 역소환됐고, 워리놈은 마계와 중간계의 경계에 몸을 숨겼다.

그러기를 수천 년, 마계로 역소환되거나 봉인된 군주들과는 다르게 경계에 숨어 있던 워리놈은 용마전쟁 이후 용족의 감시가 소홀해진 틈을 타서 인간들의 부름을 받고 중간계에 강림했다.

그렇게 자신을 소환한 왕국을 언데드화시키고 이곳저곳 흩어졌던 군대를 긁어모아 죽은 자들의 왕국을 건국한 것이다. 더군다나 마계와 연결되는 데몬 게이트를 뚫어 중간계로 이어지는 교두보를 만들었다. 이쯤이면 거의 마계의 전진기지였다.

"크라디메랄드가 플뤼톤을 소환했던 일은 용족 내부에서도 큰일이었지. 워낙 제멋대로였기에 제재를 가할 수도 없었다네. 어쨌거나 용왕들은 이왕 소환했기에 완벽히 죽이길 원했건만, 이프리트와의 전투에서 힘을 소모한 그는 플뤼톤을 대화산에 처박아 버리고는 나 몰라라 했어. 그 덕분에 내가 고생했지."

"워리놈이 이곳으로 온 것은……?"

"다른 군주들과는 다르게 중간계에 있던 워리놈은 소환되는 플뤼톤의 기운을 읽었다네. 이곳을 찾아오려던 낌새를 몇 번 느꼈어도 수면에서 깨어난 아벨리온이 두 눈 시퍼렇게 뜨고 있는 상황에서는 어려울 거라 여겼는데, 결국 일이 벌어졌군."

아벨리온은 워리놈과의 눈치 싸움에서 졌다. 그는 번개의 권능을 지닌 뇌룡왕답게 머리보다 몸으로 행동하는 것을 선호했다.

누군가는 용족들이 떼로 몰려가서 피닉스와 플뤼톤을 죽였으면 되지 않느냐고 말할 수도 있다.

하나 칠대용왕 중에서 운신이 자유로운 이는 둘에 불과하다. 크라디메랄드를 포함한 다섯은 마계를 감시하거나 활동이 어려운 상태였다. 자기 마음 내키는 대로 자리를 비울 상황이 못 된다.

앞뒤 안 가리고 무턱대고 행동했다면 워리놈이 군대를 이끌어서 플뤼톤과 연합했을 터였다. 그리되면 규모는 과거보다 작겠지만, 용마전쟁의 축소판이 중간계에서 벌어질 수도 있었다.

"그가 플뤼톤을 데려가기 위해서 왔다는 것은 확실하단 거군요."

"죽은 자들의 왕국이 있대도 이곳은 마계가 아닌 중간계네. 당장 드래드누스에서 용족들이 떼거리로 몰려들면 그로서는 속수무책일 수밖에 없으니, 방비하려면 플뤼톤이 필요했겠지."

"군주라 둘이라……."

"틀렸네. 어둠의 미궁에 봉인된 사탄까지 채워 넣으면 셋이라네."

바하무트가 머리를 긁적였다.

크라디메랄드에게 퀘스트를 받을 때 그곳에 사탄이 봉인됐다는 내용을 얼핏 들었다. 피닉스의 계산대로면 셋이 맞았다. 80층까지 내려갔음에도 사대마공작의 막내인 데이로스를 본 게 끝이었다. 죄다 죽이면 사탄의 얼굴을 볼 수 있지 않을까?

"그럼 워리놈이 플뤼톤을 도와준 것처럼 사탄의 봉인을 풀어주려는 것일 수도 있군요? 아군은 많으면 많을수록 유리하니까."

"그럴지도. 아마 용왕들은 이미 이곳의 상황을 눈치챘을 것이네."

일은 벌어졌다. 용족도 그들 나름대로의 준비에 들어갈 터였다. 피닉스는 두 종족이 벌이는 전쟁에 끼어들지 않는다. 플뤼톤과의 관계를 생각하면 용족을 도와주는 게 옳았지만, 원체 싸움을 좋아하는 성격도 아니고, 그래 봐야 얻을 것도 없었다. 정 아니다 싶으면 사태를 지켜본 후에 결정해도 충분했다.

"내가 하려던 말은 이제 끝났다네. 혹시 더 궁금한 점이 있는가?"

"없습니다."

바하무트가 말했다. 피닉스에 대한 신기함은 이제 사라졌고, 만년염옥에 관한 정보도 충분히 얻었다.

듣고 싶었던 말은 들은 것 같았다. 나중 가면 뭔가 생각날지도 모른다. 그러나 그건 나중 일이었다. 현재로써는 딱히 질문거리가 생각나지 않았다. 떠나야겠다. 해야 할 일이 쌓여 있었다.

"이걸 가져가게."

"이건……"

피닉스가 바하무트 님에게 축복받은 자신의 깃털을 건네줍니다.

바하무트가 기대에 부풀며 인벤토리를 열어 내용물을 확인했다.

[피닉스의 축복받은 깃털 : 레전드]

설명 : 대화산의 화기를 머금은 피닉스가 자신의 깃털에 강력한 불의 축복을 걸었다. 지니는 것만으로도 불의 가호를 받는다.

제한 : 3차 전직 이상, **종류** : 재료.
근력 +150, 체력 +150 민첩 +150 지능 +150 화속성 강화 +1,000, 화속성 저항 1,000.

특수 옵션
1. 화속성 저항, 강화 20% 증가.
2. 샌드헬에 서식하는 모든 몬스터의 선공 방지.
3. 원하는 때라면 언제든 피닉스와 대화를 나눌 수 있다.

"유용하게 써줬으면 하네. 만년염옥은 나의 힘을 되찾아준 자네가 받을 당연한 대가고, 이것은 내가 따로 준비한 선물이라네."

"감사합니다. 사용할 수는 없지만, 곧 불의 축복을 느낄 겁니다."

굉장히 아쉬웠다. 피닉스의 깃털은 레전드라는 아이템 등급답게 3차 전직 제한이 걸려 있었다. 과거에 지녔었다면 화속성 관련 수치가 2만을 넘겼을 것이다. 지금은 1,000에도 못 미쳤다.

113레벨이라는 것을 떠올리면 그만큼도 대단했지만, 사람에 따라 느끼는 정도가 달랐다.

그럼에도 기뻤다. 레벨만 회복하면 전력 상승은 확실했다. 귀찮기는 해도 단순 레벨업은 시간이 해결해 줄 것이다.

"가보겠습니다."

"본인은 언제나 대화산에 있으니 필요하면 찾게나. 그대는 나의 은인, 가능한 한도 내에서는 최선을 다해 도와주도록 하겠네."

파팟!

바하무트가 파루칸으로 텔레포트했다. 백 개를 꽉 채운 퀘스트 창이 번쩍번쩍 빛이 나고 있었다. 폭렙의 시간이 다가왔다.

* * *

파루칸으로 이동한 바하무트는 느긋하게 퀘스트를 완료했다.

대부분이 레벨업과 경험치 보상이었다. 애당초 퀘스트를 그런 식으로 받아서 그렇다.

300레벨 대에서는 쥐꼬리만큼 올려줄 양이었지만, 113레벨에서는 한 번에 50%~60%씩 쑥쑥 올랐다.

퀘스트 숫자가 많고 찾아가야 할 NPC도 제각각이었기에 시간이 꽤 오래 걸렸다.

파루칸에 걸려 있는 종류라면 공식적이든 비공식적이든 상관없이 쓸어 왔다.

제일 퀘스트를 많이 준 NPC가 세 개였다. 최소 기준으로 잡아도 수십 명을 만나야 했다.

띠딩!

> 퀘스트를 완료하셨습니다.

> 경험치 누적으로 1레벨이 증가하셨습니다.

155레벨이 됐을 때 퀘스트 대부분이 사라지면서 마지막 한 개가 남았다. 아슐라카가 내어준 SS등급 샌드헬의 지형 조사였다.

누가 상인 아니랄까 봐 까다로운 걸로 내줬다. 그나마 브레인이 아니었다면 한참 동안 헤맸을 것이다. 지형 조사는 본신의 강함과는 다소 무관했다. 물론 고난이도의 샌드헬을 휘저으려면 레벨이 높아야 했지만, 그보다도 지도를 볼 줄 알아야 했다.

"바하무트 님! 기다리고 있었습니다."

"샌드헬의 지형 조사를 끝냈습니다. 이게 그곳을 조사한 지도입니다."

바하무트는 아슐라카를 만나 지도를 건네줬다. 브레인은 먼저 해결하고 떠났단다. 일정 주기마다 한 번씩 내주는 퀘스트였기에 받으려면 주기를 맞추거나 파티로 와서 같이 받아야 했다.

띠딩!

이번 알림음까지 정확히 47번이 들렸다. 그가 160레벨이 됐다는 증거였다. 이제 꼼수는 없었다. 몇 년 전의 초짜였던 시절로 돌아가서 249레벨까지 최단시간으로 달려가는 방법뿐이었다.

"돌아가서 쉬어야겠다. 공지 전에는 조금이라도 여유가 있으니까.

큰 퀘스트를 해결하고 나면 여지없이 극심한 피로가 찾아왔다. 이러면 오래는 아니라도 며칠쯤은 무리하지 않는 게 좋았다.

바하무트가 아슐라카에게 잘 지내라는 말을 하고서 또다시 텔레포트 스크롤을 찢었다.

대략 열흘 후면 슈타이너가 황궁 감옥에서 출소한다. 상당히 바빠질 것이다.

그 혼자서 3명의 3차 전직을 도와줘야 한다. 힘들겠지만, 미래를 위한 투자였다. 귀찮다고 툴툴거려도 막상 마음먹으면 꼭 해내고야마는 녀석이었기에 성공적으로 마무리하리라 믿었다.

41장

망자의 묘지

[할 말이 있다. 내 영지로 좀 와라. 아무도 데려오지 말고 혼자서.]

해가 쨍쨍한 아침, 라이세크는 게임에 접속하자마자 습관적으로 우편 시스템을 열어봤다.

그가 부재중일 때는 우편으로 각양각색의 물건들이 들어온다. 길드 정산 아이템, 골드, 결재 서류, 편지 등이 여기에 속했다.

그런데 오늘은 뜻밖의 편지가 와 있었다. 바하무트가 보낸 것이었다. 내용은 무척이나 간단했다.

할 말이 있으니 잠깐 들르란다. 의아했지만 별다른 의심 없이 그를 찾아갔다. 3차 전직을 대비해서 299레벨도 달성했고, 이 시점에 그를 한번 만나봐야겠다는 생각도 하고 있어서였다.

"이, 이게 뭐야? 장난이지?"

"퀘스트 완료 과정에서 문제가 조금 생겨서 그렇다. 해결 방안은 마련된 상태니까 너무 걱정하지 않아도 된다. 몇 달만 기다려."

라이세크는 말문이 막혔다. 바하무트를 찾아갔더니 다짜고짜 파티부터 걸었다.

당연히 수락했고, 무의식중에 공개 상태인 그의 레벨을 확인했다.

Lv160.

꿈인 줄 알았다.

160? 350레벨이 넘던 바하무트가 160레벨이 되어 돌아왔다. 그가 설명하기를 퀘스트의 성공 조건이 본인의 레벨 초기화란다.

"봐라."

바하무트가 SSS시크릿 등급의 잃어버린 피닉스의 꼬리를 라이세크에게로 공유했다. 완료된 목록은 따로 저장되어 정리된다. 깼다 해서 퀘스트 내용이 사라진다거나 한 것은 아니었다.

"뭐야? SSS등급? 지난번에 보여줬던 것도 그렇고, 너는 도대체가 이런 퀘스트를 몇 개나 가진 거냐? 무슨 운영자 아들이냐?"

라이세크는 황당했다. 어디서 퀘스트를 물고 오는 건지 바하무트의 본질을 파헤치고 싶어졌다. 이제는 제 스스로 퀘스트를 만드는 게 아닌가 하는 의심마저 들었다. 정말이지 속을 모르겠다.

"나중에 차차 설명해 주마. 일단 중요한 것부터 해결하자. 레벨은 서너 달 내로 복구할 거다. 난 신경 쓰지 말고 너는 네 할 일이나 잘해라. 슈타이너가 풀려나기 전에 준비도 좀 해놓고."

"200레벨을 서너 달 만에 복구하겠다고? 그게 말이 되는 소리야?"

라이세크의 상식 수준에서 200레벨을 서너 달 만에 복구한다는 건 불가능했다. 달이 아니라 년 단위가 걸릴 것이다.

슬슬 헬렌비아 제국이 움직이기 시작했다. 이대로 가면 넉넉잡아 반년이면 전체 공지가 뜨리라고 예상됐다.

바하무트는 사국연맹의 최고 전력이었다.

다른 이들이 3차 전직을 무사히 마치고 울티메이트 마스터들이 도움을 준대도 그가 없다면 치명적인 전력 손실을 가져

온다.

"이번 퀘스트의 성공 보상이다. 만년염옥이라는 영단 종류의 아이템으로 이것만 있으면 불가능도 가능으로 바뀐다. 내가 소유했기에 타인에게 피해를 끼치지는 않겠지만, 만지지는 말아라."

소유권자가 없을 시에는 만년염옥이 보유하고 있는 끔찍한 열기가 사방으로 퍼진다. 속성 저항이 약하면 죽는다는 뜻이었다. 다만, 소유권자가 있을 시에는 열기가 내부로 한정되어 직접 만지지만 않으면 괜찮았다.

바하무트는 혹시나 하는 심정에서 말했다. 라이세크가 호기심을 못 이기고 만져볼지도 몰라서다.

"너는 놀라지도 못하겠군. 적당히 놀라면 심장마비라도 오지, 이제는 그런 단계조차 초월해 버렸어. 그냥 너 혼자 다 해 먹어라."

"좋아. 당장 네가 착용한 아이템 전부 벗고 날 길드에 가입시켜서 길드장 위임해라. 영지도 내 명의로 바꾸고, 다 해 먹으마."

라이세크가 한숨을 내쉬며 고개를 저었다. 만년염옥의 옵션에 기가 죽었다. +150레벨이 뉘 집 개 이름도 아니고, 평생가도 구경 못할 아이템을 길바닥 돌멩이 줍듯이 구해 오는 걸 보니 자괴감이 들었다. 팔대길드의 수장이고 뭐고 무의미했다.

"제한이 까다롭군. 너만 사용할 수 있고, 4차 전직의 벽도 넘을 수 없다면 3차 전직 제한이란 말인데, +150레벨이면 전직 퀘스트는 건너뛰는 건가? 건너뛰지 못한다면 199레벨에 걸리잖아?"

"허점을 정확히 파악했군. 건너뛴다. 복용하는 즉시 310레벨이다."

과연, 라이세크의 통찰력은 뛰어났다. 단편적인 정보만으로도 결론을 추측해내었다. 팔대길드의 한 곳을 이끄는 녀석다웠다.

"이 상황을 알려주려고 부른 거냐?"

"그것도 있고, 다른 것도 있고, 네가 관리하는 사냥터 중에 생명력 적은 몬스터가 출몰하면서 경험치 많은 주는 놈들 위주로 추천 좀 해줘라. 아무래도 공용 사냥터는 유저가 많아서."

라이세크, 그러니까 거센 바람 길드가 관리하는 사냥터는 예전 불의 신전처럼 일정 골드를 지급하고 들어가는 사냥터를 뜻했다.

공용에 비해 그만큼 유저의 숫자가 적을 수밖에 없었다. 유저가 적을수록 잡을 몬스터가 많아지는 것은 당연한 이치였다.

바하무트도 한 번 거쳐봤었기에 몬스터나 사냥터에 관해서 빠삭했지만, 포가튼 사가는 하나의 세상이었다. 몇 년이 지났으니 많은 게 변했을 것이다. 과거와 같을 거란 보장은 없었다. 대길드는 그 변화에 맞춰가기에 큰 도움을 받을 수 있었다.

"생명력이 적으면 공격력이 더러울 텐데……. 하긴, 올 유니크의 장비라면 동 레벨 대 몬스터의 공격력은 가볍게 씹어먹겠다."

얻는 게 있으면 잃는 게 있고, 잃는 게 있으면 얻는 게 있는 법이다.

생명력이 적은 몬스터의 대부분은 방어력도 같이 약하다. 그 대신에 공격력이 무지막지하게 강했다. 비전투 직업이나 천 종류 장비를 착용하는 유저들은 서너 방만 제대로 맞으면 죽을 정도였다.

반대로 생명력이 높은 놈들은 공격력이 약했다.

바하무트는 전신을 유니크로 도배했다. 공격력과 방어력이 두루 뛰어났지만, 효율적인 측면에서는 전자의 몬스터를 잡는 게 이득이었다. 폭화 언령술 덕분이었다.

"있냐?"

"있지. 당연한 거 아니냐? 중소길드에서 관리하는 사냥터까지 다 합치면 백 곳도 넘어간다. 이왕 하는 거 속성도 맞춰

줄까?"

"환영한다."

바하무트는 화속성이다. 화속성은 암속성과 지속성에 강세였다. 빙속성과 수속성과도 상극이었지만, 반대로도 그러했기에 어느 쪽의 속성이 더 높은지에 따라 달라졌다.

"원하는 몬스터 종류는?"

"종류? 종류는 상관없다. 몬스터가 몬스터지 아무거나 잡으련다."

"알았다. 돌아가서 확인하고 해당 지역 사냥터를 관리하는 간부에게 귀띔해 놓으마. 통째로 비워놓을 테니 맘 놓고 사냥해라."

도리도리.

바하무트가 고개를 내저었다. 그렇게까지 하고 싶지는 않았다. 조용한 환경을 원할 뿐이었다. 그 넓은 사냥터를 인맥으로 밀어붙여 독점하는 몰상식한 짓은 그가 원하는 바가 아니었다.

"그럼 최소한의 조치만 해두는 걸로 하지, 아예 안 하면 귀찮은 일이 생겼을 때 도움이 늦을 수도 있다. 골치 아픈 건 싫겠지?"

"고맙다."

"너도 마찬가지겠지만, 당분간은 못 볼 거다. 바빠질 것 같거든."

바하무트는 레벨업에 파묻혀야 했고, 라이세크 본인은 3차 전직 퀘스트에 집중해야 했다. 평소처럼 느슨하게 풀려 있을 수는 없었다. 앞으로 생길 일에 대비하려면 철저한 준비가 필요했다.

"간다. 위치는 적당한 곳 알아내는 대로 보내줄게."

"그래."

파팟!

라이세크가 하사인 공작령으로 귀환했다. 바하무트는 그 모습을 지켜보다가 로그아웃했다. 오늘은 그만하고 쉴 생각이었다.

*   *   *

터벅.

바하무트는 라이세크가 알려준 사냥터로 이동하고 있었다. 위치는 다음 날 받았다.

정확히는 부탁했던 당일 받았지만, 로그아웃 탓에 확인치 못했다.

라이세크는 간부들에게 조건을 알려주고 그에 걸맞은 최적의 장소를 찾아내라 했다. 적당한 곳을 찾아낸 그는 곧장 바하무트에게 편지를 보냈다. 그리고 그가 들어갈 사냥터를 관리하는 간부에게 자신과 친한 친구이니, 함부로 대하지 말라 했다.

"저기."

"입장은 십 골드입니다."

바하무트가 거센 바람 길드원에게 다가가자 길드원은 매번 하던 대로 입장료를 수금하려고 손을 뻗었다. 무슨 기계같았다.

"제 이름은 바트라고 합니다. 라이세크 녀석이 보내서 왔습니다."

"헉! 바트 님이시라고요? 자, 잠시만 간부님을 모시고 오겠습니다."

바트는 바하무트에서 양옆 끝자리를 따서 만든 급조 아이디였다.

그 이름을 들은 길드원이 크게 놀라며 채팅창에서 간부를 찾았다. 라이세크의 친구가 왔단 소식에 간부가 허둥지둥 달려왔다.

"망자의 묘지를 관리하는 하급 간부 번스탄입니다. 길드장님께서 바트 님이 오실 거라고 하셨습니다. 일단 이것을 받으시지요."

간부가 10페이지 정도의 얇은 책을 건네줬다. 바하무트가 책을 열어봤다. 망자의 묘지에서 출몰하는 몬스터와 그 몬스터의 사냥법, 떨구는 아이템 등 유용한 정보가 빼곡히 적혀 있었다.

플레이포럼에 들어가도 이처럼 세세하게 정리되어 있지는 않았다. 골드를 받고 팔거나 길드원에게만 보여주는 공략집이었다.

'좀비로 시작해서 좀비로 끝나는군.'

명칭에서 느껴지다시피 언데드가 출몰하는 곳이었다. 그중에서도 가장 혐오스럽다고 일컬어지는 좀비들만의 작은 세상이었다. 적정 사냥 레벨은 50~199레벨이었다. 보스 몬스터는 200레벨의 악몽 등급인 악취를 몰고 다니는 묘지기장 베락이었다.

"원하시는 물품은 묘지 초입의 안전지대에서 무엇이든 가져가실 수 있습니다. 대금은 길드장님께서 내주시기로 하셨습니다."

간부는 입에 침을 튀기면서 설명했다.

그는 바트를 라이세크의 친구로 알고 있었다.

그렇게 들어서다. 딱히 틀린 말은 아니니 넘어가겠다. 어쨌거나 친구에게 잘 보여서 떡고물이라도 떨어지면 인생역전이었다.

"더 필요하신 것은 없으십니까? 이래 봬도 제가 199레벨의 용병입니다. 수하들과 포스를 꾸린다면 묘기지장도 해볼 만합니다."

"말씀만으로도 감사드립니다. 도움을 주시면 저야 좋지만, 그러면 실력이 늘지 않습니다. 우선은 스스로 해보도록 하겠습니다."

바하무트가 인사를 하고서 망자의 묘지로 들어갔다. 혼자서도 충분했다.

그의 뒷모습을 보던 간부가 입맛을 다시면서 말했다.

"은신의 망토를 써서 볼 수는 없어도 장비가 최소 레어 풀세트겠지? 어쩌면 유니크일지도? 와! 길드장이 친구라니, 전생에 나라를 구했나? 레벨만 올리면 상급 간부는 그냥 보장되겠어."

누구는 수습부터 죽도록 노력해서 하급 간부를 달았는데, 누구는 친구 잘 만나서 상급 간부를 한 방에 단다?

참으로 불공평했다. 하나 어쩌겠는가? 거센 바람 길드는 라이세크가 만들었다. 엄밀히 말하면 그의 소유물과도 같았다. 불평불만은 없는 자들의 푸념이었다. 잊어버리는 게 속편했다.

*　　　*　　　*

우우우우!

사방에서 소름 끼치는 귀곡성이 들려왔다. 언데드 출몰 지역이라 그런지 공기도 서늘하고 분위기도 음산했다. 죽은 자들의 왕국만큼은 아니어도 유저들이 꺼려 할 요소를 골고루 갖췄다.

"아이템은 거지 싸대기 후려칠 정도로 극악하군. 이건 거지가 형님이라 부를 수준인데? 묘기지장 베락과 묘지기들이 떨구는 것을 제외하면 레어는 전멸이고 매직도 한정되어 있다니."

공략집에는 사냥터의 추천 등급까지 매겨져 있었다. 아이템을 노린다면 당장 돌아가는 게 좋다는 글귀마저 보였다. 망자의 묘지는 오직 경험치 하나만을 바라보고 오는 곳이었다. 바하무트야 아이템 욕심이 없으니 그에게는 최고의 사냥터였다.

"일반 공격력은 약하고, 독 공격력만 조심하면 되나? 묘지기장의 독은 맞아봐야 알겠지만, 잔챙이들의 독은 무시해도 되겠지?"

바하무트는 나인헤드 포이즌 히드라를 잡아 히드라 하트를 복용했다.

그 옵션 중에는 중급 이하의 모든 독을 무시한다는 조항이 있었다. 초고난이도 사냥터였다면 무시 효과가 미비했을 것이다. 그러나 이만한 수준의 사냥터에서는 거의 무적이나 다름없었다.

묘지기장 베락만 조심하면 다른 녀석들은 움직이는 샌드백이 될 터였다. 역시 영단이든 뭐든 가리지 않고 복용하거나 모아둬야 했다. 언제고 쓸모가 있었다. 바하무트가 의도치는 않았더라도 과거에 해놨던 일들이 이렇듯 보답으로 돌아왔다.

퍼펑!

바하무트가 자신에게 달려드는 저레벨의 몬스터를 후려쳤다. 한 방에 넉다운이었다. 100레벨 이하는 경험치가 미비했기에 관심 없었다. 일일이 잡는 것은 시간 낭비에 불과했다. 그렇기에 대충대충 때려잡으며 지나갔고 피할 수 있으면 무시했다.

망자의 묘지는 네 개의 구역으로 나뉜다. 50~99레벨의 초반부, 100~149레벨의 중반부, 150~199레벨의 후반부였다. 이중 중, 후반부는 1차 전직 유저들의 수준을 세분화해 놓은 곳이었다.

마지막은 묘지기장 베락이 출몰하는 보스룸, 베락의 안식처였다.

바하무트는 후반부에서 사냥할 생각이었다. 160레벨이었기에 신속하고 간편한 플레이가 될 것이다. 현재 수준으로 베락을 잡는 건 무리였다. 그동안 복용했던 영약과 유니크 풀세트의 장비라도 200레벨의 악몽은 2차 전직 이후에나 잡을 몬스터였다. 최소 199레벨은 찍고 도전해야 개죽음을 면하리라.

크르르르.

바하무트가 걸음을 멈췄다. 무덤의 뒤편에서 흉측하게 생긴 몬스터가 어슬렁거리며 그를 가로막았다. 숫자는 다섯 마리였다.

170레벨 베놈 하운드.

날카로운 이빨과 손발톱 덕분에 독 이외의 공격력도 상당했고, 빠른 몸놀림으로 유저들을 괴롭히는 분노 등급의 몬스터였다.

"나에게 경험치를 주시게나."

농담을 던지고서 용투기를 끌어 올리자 붉은 기운이 넘실거렸다.

폭화 언령술 : 삼 조합 스킬.

터질 폭(爆), 뜨거울 염(炎), 바람 풍(風).

폭염풍(爆炎風) : 폭발하는 뜨거운 바람.

콰콰콰쾅!

바하무트에게서 시작된 불의 소용돌이가 그를 감싸더니 다섯 마리의 베놈 하운드를 통째로 집어삼켰다. 매캐한 냄새가 풍기면서 어두컴컴한 묘지 한편에서 화려한 불꽃 쇼가 펼쳐졌다.

파파파팟!

160레벨이 되면서 오 조합 스킬은커녕, 사 조합 스킬도 사용할 수 없게 됐다. 그의 한계는 삼 조합 스킬이었다. 이것도 아껴 써야 했다. 무턱대고 난발하다간 금세 무기력 상태가 돼버린다.

크앙!

폭염풍의 공격 범위를 빠져나온 베놈 하운드 한 마리가 바하무트의 측면에서 달려들었다. 송아지만 한 놈이 칼날 같은 이빨을 들이대는 모습이 사뭇 섬뜩했지만, 그는 아랑곳하지 않았다.

"어딜."

콰앙!

바하무트의 주먹에 활활 타오르는 불덩이가 응축되며 베놈 하운드의 머리통을 내려찍었다. 화권과 용투기를 섞은 것이었다. 짓눌리는 압력에 베놈 하운드의 머리가 쪼개지며 박살 났다.

쩌어어엉!

공방이 이어졌다. 레벨이 낮아서 그런지 힘든 감이 없잖아 있었다. 여기에는 본체로 현신하지 않는 이유도 크게 적용됐다.

일반 사냥터에서는 인간 상태로 싸우는 게 활용도 면에서 본체보다 훨씬 뛰어났다. 굳이 현신해야 한다면 강력한 몬스터를 맞닥뜨린다거나 한곳에 자리를 잡았을 경우에 하는 게 좋았다.

푸욱!

쿵!

화월참이 대기를 가르며 혼자 살아남은 베놈 하운드를 양분했다.

전투를 끝마친 바하무트가 통합 포션(小)를 들이마셨다. 생명력과 마력, 스태미나 등이 전부 회복됐다. 가격이 다소 비쌌지만 상관없었다. 그의 재력은 이런 포션 수십만 병도 감당한다.

"자리 잡아야겠다. 떠돌이처럼 왔다 갔다 하는 건 비효율적이야."

바하무트가 공략집을 빠르게 넘겼다.

몬스터의 재생성 시간을 체크하면서 꿀 자리를 찾아봤다. 꿀 자리는 유저들의 레벨업에 최적화된 몬스터 재생성 지역을 뜻했다.

"후반부에는 세 곳뿐이네. 큰 규모의 사냥터가 아니라서 그런가?"

적어도 대여섯 개는 있으리라 여겼다. 그런데 고작 세 개라면 먼저 온 유저들이 선점하고 있을 수도 있었다. 그리되면 떠돌아다니면서 잡아야 할지도 모르겠다. 그것만은 피하고 싶었다.

스슥.

바하무트가 움직였다. 일단 한 곳씩 차례차례 돌아보면서 주인이 있는지 없는지 확인해 봐야겠다. 되도록이면 없기를 바랐다.

*   *   *

우어어어!

콰콰콰콰!

바하무트가 바위 뒤에 숨은 채로 아쉬운 표정을 지었다. 첫 번째 자리에 이어 두 번째 자리 역시 유저들이 선점한 상태였다.

사냥을 시작한 지 오래된 듯했다. 착용한 장비의 군데군데가 금이 가고 깨졌으며 낡고 헤졌다.

대장장이를 파티원으로 데려오는 경우는 드물었다. 대부

분 간편한 수리도구를 챙겨 왔다. 수리하지 않는 것으로 볼 때 다 떨어졌을 가능성이 높았다.

"몰아!

"힐힐! 힐 달라고!"

바하무트는 그 파티를 한동안 지켜봤다. 혹시나 돌아가지 않을까 하는 기대감에서였다. 그러나 그 기대는 여지없이 무너졌다.

"야! 자리 지키고 있을 테니까 안전지대에서 보조 물품 좀 사 와라."

"응!"

약아빠진 놈들이었다. 단체로 갔다 오면 자리를 뺏길까 봐 한 명만 보냈다. 이곳도 글러 버렸다. 세 번째 자리를 기대해야겠다.

"레벨업하기 힘들다. 예전에도 이리 힘들었나? 왜 이렇게 힘들지?"

거기에는 여러 가지 이유가 있다. 이프리트의 제약에 걸린 것도 있고, 몇 달 내로 레벨을 복구해야 한다는 중압감도 있어서다.

화르르륵!

초반부와는 다르게 달라붙는 몬스터들을 무시하지 않았다. 경험치 덩어리들이었기에 처음처럼 버리고 갈 수는 없는 법이었다.

30분 정도 이동하고서야 목적지에 도착했다.

시무룩하던 바하무트의 얼굴이 금세 환해졌다. 아무도 없었다. 주인 없는 빈자리를 증명하는 걸까? 180레벨의 분노 등급인 포이즌 구울 8마리가 동그랗게 파인 공터를 배회하고 있었다.

"쯧쯧! 유저들이 몬스터 가리네. 편식이 몸에 안 좋은 걸 모르나?"

포이즌 구울은 강력하다. 데스 나이트에는 못 미친다지만, 다른 언데드와 비교하자면 스켈레톤 제네럴이나 듀라한과 동급이다.

전신에 튀어나온 울퉁불퉁한 근육을 보라. 시체 주제에 육체의 구성이 보디빌더 저리 가라 할 정도로 탄탄했다. 독을 주 무기로 사용하면서 무투가들처럼 근접 전투에 특화된 몬스터였다.

망자의 묘지에 포스로 몰려오는 유저들은 거의 없었다. 기껏해야 파티였고, 그보다도 적으면 다섯 명 이내로 균형을 맞췄다.

8마리의 포이즌 구울이라면 부담되는 상대임이 틀림없었다. 하물며 떨구는 아이템도 부실하다면 기피할 이유로는 충분했다.

"여기서 200레벨까지 버티고 옮겨야지. 한 달, 한 달 내로 끝내자."

한 달도 넉넉잡아서였다. 200~249레벨까지 남은 시간이 빠듯했다. 쉬운 구간은 후딱 끝내는 게 시간을 절약하는 길이었다.

불길이 치솟으며 바하무트가 본체로 현신했다. 장내를 정리하면 재생성까지 약간의 공백이 생긴다. 그때 푹 쉬어주면 된다. 쉬고 싸우고, 쉬고 싸우고를 반복하면 목표에 도달할 터였다.

"초라하다, 초라해."

9미터의 덩치가 1/3로 줄어 3미터가 돼버렸다. 레벨 초기화는 모든 부분에 영향을 끼쳤다. 오늘따라 세상이 매우 커보였다.

크악?

"덤벼."

크어어어!

기운을 느낀 포이즌 구울이 일제히 시선을 돌렸다. 어그로가 끌린 것이다. 바하무트가 놈들을 도발했다. 이성이 모자란 놈들답게 떼거리로 몰려왔다. 레벨 복구의 첫걸음이 시작됐다.

　　　　*　　　　*　　　　*

　보름이 지났다. 바하무트는 게임에 접속해서 나가는 순간
까지 포이즌 구울과 함께했다.

　이러다 정드는 게 아닐지 싶을 정도였다. 31레벨이 올라
지금은 191레벨이었다. 사냥만 주구장창 팠기에 이만큼이나
마 올릴 수 있었다. 평소처럼 놀면서 했다면 어림도 없었을
것이다.

　빠지지직!

　푸확!

　바하무트가 포이즌 구울의 양팔을 붙잡고는 발로 가슴을
밀어냈다. 항거 불능의 거력에 팔이 뽑히며 몸뚱이가 넘어갔
다. 그 위를 브레스가 뒤덮으며 포이즌 구울을 잿더미로 만들
었다.

　"쉬어야지."

　8마리를 전부 죽였더니 재생성에 들어갔다. 10분 뒤에 똑
같은 숫자를 상대해야 했다. 빡셌지만 웬만큼 숙달되니 할 만
해졌다.

　털썩.

　바하무트가 자리에 커다란 비석 위에 올라가서 전경을 구
경했다.

딱히 전경이랄 것도 없었다. 눈에 보이는 모든 곳이 묘지였다. 그나마 사방이 탁 트여 있었기에 멀리서 사냥하는 유저들의 모습을 어렴풋이 볼 수 있었다.

파파파팟!

가까운 곳에서 흙먼지가 피어올랐다. 몬스터는 아니었다. 일사불란하게 움직이는 걸로 볼 때 유저들이었다. 그들은 바하무트의 자리 쪽으로 나 있는 길을 따라서 더욱 위쪽으로 이동했다.

"묘지기장 잡으러 가나 보네. 이번에는 일반 유저들 차례인가? 하나, 둘, 셋? 흠… 세 개 풀 파티라? 장비는 중상급 정도로군."

거대 길드가 다들 그렇듯, 거센 바람 길드도 보스 몬스터만 전문적으로 사냥하는 부대가 존재한다.

영지 소속 유료 사냥터에서 나오는 고가의 아이템은 길드의 재정을 충당해 주는 주요 수입원이었다. 길드마다 다르지만, 대여섯 번에 한 번 정도는 보스 몬스터를 유저들에게 양보했다.

유저들도 돈을 내고 들어왔기에 자유롭게 사냥할 권리가 있었다.

라이세크는 보스 몬스터 사냥 비율을 네 번에 한번으로 정했다. 눈앞에 지나가는 이들은 거센 바람 길드의 표식이 없었다.

유저들끼리 파티를 만들었다는 뜻이었다.

솔직히 잡을 수 있을지 없을지는 모르겠다. 숫자가 부족하면 아이템이 좋아야 하고 아이템이 나쁘면 숫자라도 많아야 했다. 세 개 파티는 이도 저도 아닌, 딱 중간이었다.

"실례합니다."

"네?"

비석 위에 앉아 있던 바하무트에게 탄탄한 갑옷과 방패를 든 기사 계열 유저가 조심스레 접근했다. 그 뒤로 아홉 명의 유저가 따라오고 있었다. 파티 하나를 지휘하는 파티장인 듯했다.

"거기는 포이즌 구울 8마리 자리인데, 혼자서 사냥하시는 건가요?"

"네."

바하무트는 은신의 망토를 벗고 사냥했다. 아이디를 비공개로 바꿨지만, 번쩍거리는 아이템이 그의 재력을 여실히 보여줬다.

"지금 안식처에 묘지기장 떠서 잡으러 가려는데 같이 가실래요?"

"죄송합니다. 파티는 복잡하기도 하고, 그냥 이대로가 편하네요."

바하무트가 거절했다.

고작 묘지기장 한 마리 잡자고 파티를 하고 싶지는 않았다. 기사 유저가 아까워하며 입맛을 다셨다. 만나기가 쉽지 않은 용족이었다. 장비도 감탄이 나올 만큼 대단했다. 저 정도면 묘기기장의 정면에서 탱커 역할을 톡톡히 해주고도 남을 것이다.

[3파티장님 어디 계십니까?]

[포이즌 구울 자리에 있습니다. 가는 도중에 용족 유저를 발견해서 파티에 초대하려고 해봤는데 실패했네요. 곧 가겠습니다.]

[아! 정말요? 장비 좋겠네요? 용족은 기본이 레어 풀세트라던데.]

본질 자체가 강력하다 보니 장비가 구려도 돈 벌기가 쉬웠다. 더군다나 미친 척하고 2,000만 원만 투자하면 몇 배로 돌려줬다.

이것은 비단 용족뿐만 아니라 특수 종족 전체가 그러했다. 인간 유저들은 그들을 보며 선택받았다고들 말한다. 맞는 말이었다. 무난하게 199레벨까지만 키워도 먹고사는 데 지장이 없었다.

크어!

포이즌 구울이 재생성되며 울부짖었다. 기사 유저를 포함한 파티원들이 재빨리 거리를 벌렸다. 가만히 서 있다간 어그로가 튄다. 자리 잡은 유저의 몬스터를 잡는 것은 비매너 행위였다.

"휴! 수고하세요."

"감사합니다. 사냥에 꼭 성공하시기를 빌겠습니다. 득템하시고요."

콰아아앙!

인사를 끝낸 바하무트가 포이즌 구울에게로 쇄도했다. 그에게서 발생한 폭발이 일정 반경을 휩쓸었다.

유저들은 그 엄청난 광경에 입을 벌렸다. 그들 중 누구도 혼자 포이즌 구울 8마리를 상대하지 못한다. 8마리는커녕 2~3마리도 벅찼다. 괜히 용족이라 말하는 게 아니었다. 모르긴 몰라도 모든 경험치를 독식한다면 폭렙도 어렵지 않을 것 같았다.

"갑시다!"

"출발!"

기사 유저가 자리를 벗어났다. 1, 2파티가 안식처에서 기다리고 있었다. 합류 후에 계획을 짜고 보스 레이드를 하려 함이었다.

스윽.

바하무트가 사냥하는 척하며 유저들을 쳐다봤다. 시간이

많았다면 심심함을 달래기 위해서라도 도와줬겠지만, 지금은 내 코가 석자였다. 묘지기장이고 뭐고, 200레벨부터 이룩해야 했다.

"너희 얼굴 그만 좀 보고 싶다. 너희도 그렇지? 어울려 보자꾸나."

9레벨만 올리면 된다. 며칠만 노력하면 아슬아슬하게 될듯했다.

*　　　*　　　*

[잘하고 있어요?]

[그럭저럭? 이프리트의 제약이 발목을 잡아도 예전보다 장비와 스킬 등이 월등해서 할 만해. 1레벨만 올리면 2차 전직이야.]

[저도 병아리들 마지막 퀘스트만 남겨뒀어요. 그런데 난이도가 상당해서 시간이 걸릴 듯해요. 특히 쿠라이 녀석의 퀘스트가 제일 어려워요. 저도 저지만, 브레인 님도 고생이 심하네요.]

어느새 황궁감옥에서 풀려난 슈타이너는 브레인과 함께 각각 라이세크, 쿠라이, 스라웬의 3차 전직 퀘스트를 도와주는 중이었다.

다들 양심은 있는지 스스로 해결 가능한 종류는 끝내났다. 덕분에 시간이 많이 단축됐다. 한꺼번에 할 수는 없으므로 순차적으로 해결하고 있었다. 앞으로 한 달은 더 예상해야 했다.

[형을 도와줘야 하는데, 여기서 무슨 짓을 하는 건지 모르겠네요.]

[나중에 피와 살이 돼서 돌아올 거다. 난 나대로 열심히 하고 있으니까, 넌 거기에만 신경 써. 전쟁도 전쟁이지만, 그 퀘스트 깨려면 우리 둘로는 어림도 없어. 믿을 만한 사람이 필요해.]

[알겠어요. 수고하세요.]

[오냐.]

바하무트가 파티음성을 종료했다.

굳이 슈타이너를 움직여서 라이세크들의 3차 전직 퀘스트를 도와주는 건 전쟁 때문만은 아니었다. 바로 샤칸에게 받은 SSS등급의 퀘스트 타락한 천사의 궁전을 해결하기 위해서였다.

지금까지 바하무트는 SSS등급의 퀘스트를 두 번이나 받았다. 불의 정령왕 이프리트의 부활과 잃어버린 피닉스의 꼬리였다. 전자는 아직도 진행 중이었고, 후자는 얼마 전에 완료했다.

"이번에야말로 제대로 수행하는 SSS등급의 퀘스트가 될 거야. 앞서 두 개와는 비교가 불가능한 난이도를 보여줄 게 분명해."

받은 건 두 개였지만, 바하무트 스스로 해결한 퀘스트는 없었다.

이프리트는 제약을 걸어버렸고, 피닉스는 희생을 요구했다.

그러나 타락한 천사의 궁전은 달랐다. 읽는 자체만으로 현기증이 나는 미친 난이도를 자랑했다. 최고의 고비가 될 것이다.

[타락한 천사의 궁전 : 시크릿 등급(SSS)]

내용 : 고대의, 까마득한 옛날, 용마전쟁이 벌어지기 수백 만 년 전, 마족은 상반되는 기운을 지닌 천족을 상대로 성마대전을 일으켰다.

그 전쟁에서 승리한 마족은 후환을 방지하기 위해 천족의 씨를 말려 버렸다. 소수의 천족은 적의 손에서 살아남으려고 모든 방법을 동원했다. 그 노력에 힘입어 가까스로 종족 보존이 가능한 만큼의 숫자만 천계에서 탈출시킨다.

그러나 전쟁의 폐해 탓일까? 평화를 사랑했던 천족은 무자비한 살육의 경험으로 정체성을 부정하게 된다. 평생을 올바르게 살았고, 남에게 잘못을 저지르지 않았음에도 마족은 단순히 강함을 증명하려는 수단으로 강력하다 불리는 천족과의 전쟁을 택했었다.

천족은 깨달았다. 순수함이야말로 무능함의 극치란 것을. 스스로 마가 되는 것만이 세상에서 살아남는 길임을 말이다. 그게 화근이었다.

그 생각을 하는 순간, 천신 메제기스의 노여움을 사고 말았다. 천족은 생각했다. 그토록 믿고 따랐던 신에게 버림받았다.

왜 버렸는가? 당하고만 살라는 말인가? 용서할 수 없다. 마족도, 신도 모조리 죽여 버리겠다. 스스로 타락하겠다. 나락으로 빠지리라.

제한 : 3차 전직 이상.

성공 : 타락한 천사들과 왕의 소멸.

실패 : 전원 사망.

보상 : 20레벨 증가, 전원에게 1,000만 골드.

공적 보상 : 왕을 영면에 들게 하는 자에게 성스러운 순백의 영혼을 지급.

페널티

1. 30레벨 하락, 세 달 동안 모든 능력치 −30%.

2. 유저 중에서 한 명이 랜덤으로 천사들의 표적이 된다. 표적이 된 유저가 소속된 국가는 천사들과의 전쟁을 각오해야 한다. 표적이 되면 자동적으로 연계 퀘스트가 발동하며 갱신된다.

무시무시한 보상과 페널티였다. 성공하면 300레벨 대의 유저에게 +20레벨이었다.

1,000만 골드면 10억이었다. 이만하면 평생을 은행 이자로 먹고살 금액이었다. 공적 보상, 성스러운 순백의 영혼이 어떤 건지는 모르지만, 무엇이든 상상을 초월하는 아이템일 게 뻔했다.

"첫 번째 페널티는 시간이 해결해 줄 거고, 두 번째가 문제다. 천사들의 전력이 최소 용족의 장군 전력만 돼도 앞이 깜깜한데."

최소였다. 만약 피닉스나 플뤼톤 같은 괴물이 강림하면 헬렌비아 제국이라도 멸망한다.

운영자들이 그리 막장으로 만들지는 않았을 것이다. 그래도 제국과의 전쟁을 앞두고 뒤를 걱정할 강력한 적이 생기는 거였다.

이만하면 충분한 위협 거리였다. 어지간해서는 전쟁을 끝내고 나서 해결하는 게 현명한 판단이었다. 그럼에도 불구하고 바하무트가 무리해서 퀘스트를 강행하려는 이유는 아군의 부족한 수준 때문이었다.

헬렌비아 제국의 울티메이트 마스터 네 명은 전원이 350레벨 이상이었다. 플레이포럼에서 확인한 바로는 360대가 두 명이고 380대가 한 명, 마지막으로 399레벨인 솔레이온 공작이었다.

투스반 왕국의 마스터도 320레벨이었기에 자기 몫은 하고도 남을 터였다.

아군 측의 울티메이트 마스터 세 명은 모두 350레벨 이하였다. 바하무트도 지금은 199레벨인지라 전력에서 한참이나 밀렸다.

슈타이너가 라이세크들의 3차 전직을 도와주는 것처럼 타마라스도 레이란들을 도와줄 거다.

그의 성격상 그런 일을 하고 싶지는 않겠지만, 전쟁에서 승리하려면 싫어도 해야 했다. 이리되면 유저들의 전력은 비슷함에도 NPC들에서 차이가 벌어진다. 그걸 퀘스트로 좁혀야 했다.

바하무트가 시간 내에 만년염옥을 복용해서 399레벨이 돼도 한계란 게 존재했다. 혼자 모든 걸 해결할 수는 없는 법이었다.

크어어어!

퍼엉!

재생성된 포이즌 구울이 달려들었다. 숙달되어 그런지 8마리 전부 죽이는 데 5분도 안 걸렸다. 쉬운 만큼 경험치도 적었다.

한 마리당 0.1%를 줬다. 1,000마리를 잡아야 레벨업을 한다는 뜻이었다. 이틀을 꼬박 사냥에 투자하면 200레벨이 될 것이다. 그때부터 필요 경험치가 뻥튀기돼서 레벨업이 더욱 어려워진다.

두두두두!

바하무트가 포이즌 구울들을 때려잡으며 소리에 반응했다. 그가 있는 자리에서 사냥하는 도중에 이런 소리가 들릴 경우는 하나뿐이었다. 묘기지장을 잡으러 가는 유저들이 몰려들 때였다.

"오늘은 고생하네. 세 번째인가?"

거센 바람 길드의 보스 레이드는 백전백승이었다. 한 번의 실패 없이 깔끔하게 끝낸다.

그러나 평범한 유저들은 많이 쳐줘봐야 30~40%의 성공확률을 보였다. 바하무트가 이곳에서 18일간 지내면서 직접 확인했다.

지금 달려가는 유저 중 몇몇은 조금 전에도 봤던 얼굴이었다. 길게 생각할 필요 없었다. 사냥하다 맞아 죽은 게 틀림없었다. 그들도 멀뚱히 쳐다보는 바하무트의 시선에 고개를 푹 숙였다. 죽은 걸 광고하는 꼴이었다. 부끄러운 게 당연했다.

"어렵나? 여기 있는 것도 지겨운데 가볼까? 묘지기장 잡으면 200레벨 될지도 모르는데……. 안 돼도 몇 십% 이상은 주겠지?"

포이즌 구울만 18일을 보면 다시 보기가 싫어진다. 정정하겠다. 18일도 길다. 2일이면 차고 넘쳤다. 자리를 벗어나고 싶었다.

"에이, 자리 뺏기면 대충 돌아다니면서 사냥하다가 200 찍어야지."

펄럭.

바하무트가 유혹을 못 이기고 날개를 펼쳤다. 그가 허공으로 떠오르며 유저들의 뒤를 밟았다. 이왕이면 한 번만 더 전멸해 주길 바란다. 반죽음이 된 묘지기장이라면 해볼 만해서였다.

*   *   *

스르르르.

검은 로브 자락이 바닥을 쓸었다. 기다란 해골 지팡이를 든

네크로맨서 한 마리가 보였다.

망자의 묘지를 지키는 최종 보스 묘지기장 베락이었다. 저리 어슬렁거리다 어그로가 끌리면 수십 마리의 묘지기를 소환한다.

우우.

베락은 거대한 무덤 주변을 배회했다. 거의 2층 저택에 버금가는 크기였다. 다름 아닌 그의 무덤이었다.

베락은 마법 계열답게 생명력이 적고 방어력도 약했다. 그럼에도 잡기 힘든 이유는 묘지기들 탓이었다. 묘지기의 정체는 듀라한으로 199레벨의 시련 등급이었다.

동 레벨의 시련 몬스터를 상대하려면 레어 풀세트는 되어야 일대일로 붙어도 안 밀린다. 매직 정도로는 제명에 못 죽는다. 그런 게 수십 마리였다. 전력이 모자라면 전멸하기 십상이었다.

"모두 준비되셨나요? 다시 가도록 하겠습니다. 각자 개인 도핑하시고, 탱커 분들은 전진 준비! 딜러 분들 자리 잡아주세요! 성직자 분들 축복 들어가는 즉시 달려듭니다! 자자! 힘냅시다!"

피피피핑!

우우우웅!

선임 파티장의 신호에 유저들이 전투 준비를 했다. 오색찬

란한 빛들이 사방에서 번쩍거렸다. 모습으로는 신도 잡을 기세였다.

"저러니 전멸하지. 네 개 파티면 숫자는 적당한데, 장비가 너무 안 좋아. 레어를 착용한 유저가 극소수고 대부분이 매직이네."

허공에 떠 있던 바하무트가 중얼거렸다. 그나마 매직으로 도배라도 한 유저는 양반이었다. 지금까지 키우면서 돈을 어디다가 썼기에 아직도 노멀을 끼고 있는 건지 이해할 수가 없었다.

정말 최악을 가정해도 선두에서 집중 공격을 받는 탱커는 현질을 해서라도 장비를 맞춰야 했다.

쿵쿵!

칙칙하고 볼품없는 노멀 탱커가 도핑과 축복을 믿고 전진하고 있었다. 철과 철을 맞대면 효과가 두 배지만, 종이에 철은 맞대나마나였다. 저런 탱커라면 힐을 주는 성직자만 죽어난다.

맞는 족족 생명력이 뭉텅이로 빠져나갈 것이다.

돈이 있어야 현실에서 대접받는다. 게임도 마찬가지였다. 레벨이 높고 장비가 좋아야 인정해 줬다. 이도저도 아니면 솔로 플레이가 답이었다. 그게 본인도 편하고 지켜보는 남도 편했다. 최소한 민폐는 피할 수 있으니까.

"공격!"

"쳐라!"

크오오오!

굼벵이 같던 베락은 어그로가 끌리자마자 지팡이를 들고 눈 깜빡할 사이에 묘지기를 소환했다. 캐스팅은 쓰레기통에 버렸다.

수십 마리 중 80%가 유저들에게로 쇄도했다. 그냥 마구잡이였다.

나머지 20%는 베락을 보호했다. 어차피 무한 소환이었다. 묘지기 10마리가, 죽으면서 유저 한 명만 죽여도 베락이 이득이었다.

퍼퍼퍼펑!

가관이었다. 유저들이 고생하는 소리가 바하무트의 마음을 아프게 했다. 저놈 한 마리 잡아서 대박이 터져도 40명이서 나누면 개미 눈물보다도 모자랄 것이다. 그야말로 개고생이었다.

"베락이 주는 가장 좋은 아이템이 레어 최상급인 죽음의 지팡이인가? 시세가 대략 1,000만 원이라고 하던데, 어휴! 토 나온다."

바하무트가 돈이 많아 유저들을 한심하게 생각하는 게 아니었다. 그가 한심하다는 여기는 건 한탕주의만을 바라는 심리었다.

괜찮은 사냥터를 골라 꾸준히 몇 달만 사냥하면 레어 섞인 장비를 마련한다.

그때부터 소수 레이드를 한다면 꽤 짭짤한 이득을 남긴다. 당장 눈앞의 아이템에 급급하다간 큰 손실만 입고서 눈물을 흘린다.

저런 파티는 기회주의자가 잠복하기 쉽다. 기회주의자는 먹튀를 뜻하는 용어 중에 하나였다.

베락 파티의 아이템 루팅 방식이 어떤지는 몰라도 전체로 해놨다면 먹튀도 염두에 둬야 했다. 어쨌든 비효율적인 행동을 할 바에는 차라리 생각을 전환해서 다른 쪽을 노리는 게 나았다.

"으악! 힐러 뭐해! 피 달잖아! 힐 달라고!"

"저 새끼 누가 뽑았어! 네 갑옷은 판금하고 중갑이지 천이나 가죽이 아니라고! 어떻게 생명력 빠지는 속도가 힐 속도보다 빠르냐!"

"딜러들 뭐해? 세 명에서 묘지기 하나를 못 잡아? 파티 거지네!"

유저들 사이에서 분열이 일어났다. 바하무트는 이미 예상하고 있었다. 급조한 파티에서 자주 나타나는 현상이었다. 본인도 못하면서 남 탓만 해대는 본성이 그새를 못 참고 봉인을 깬 것이다.

분열이 시작되면 내부에서부터 무너진다. 끝이었다. 이제 전멸은 시간문제였다. 어느 누가 자신을 욕하는 자를 도와주겠는가.

"나한테는 아직 어그로가 안 튀었어, 전멸하면 곧바로 들어간다."

바하무트가 용투기를 전력으로 전개했다. 능력치가 증가하며 힘이 솟구쳤다. 기회를 잡았으니 되도록 원킬에 죽이고 싶었다.

42장
이사벨라의 방문

화르르륵!

으어어어!

베락의 육체가 불타올랐다. 그는 자신의 존재가 사라지고 있음을 본능적으로 느끼고는 마구 울부짖었다. 소용없는 짓이었다. 생명력이 바닥으로 곤두박질쳤다. 죽음을 피할 수는 없었다.

> 1레벨이 오르셨습니다. 근차 전직 퀘스트까지 완료한 기록이 유효합니다. 특수 퀘스트에 의해 레벨이 초기화되셨기에 자동적으로 근차 전

드디어 200레벨이 됐다. 바하무트의 능력치가 폭증하며 여러 종류의 권능을 강제하던 제약의 일부가 풀렸다. 지금 만년 염옥을 복용해도 피닉스를 만나기 전 상태로 돌아갈 수 있었다.

당장 발등에 떨어진 불은 껐다.

이제 대륙전쟁이 벌어지는 시기에 맞춰서 차근차근 진행하면 된다. 이미 하고 있기는 했지만. 언제고 때가 되면 전체 공지가 뜰 것이고, 멀지 않은 근시일 내에 그때가 찾아올 것이다.

"조금 미안하긴 하네. 그래도 어차피 전멸이었으니 이해해 주기를."

바하무트가 주변을 둘러봤다.

노멀에서 매직까지 저가의 아이템이 수두룩했다. 전부 유저들이 떨어뜨린 거였다. 천사의 구슬은 아이템을 보호한다. 그러나 가격이 비쌌다. 저가 아이템에 사용하기에는 아까웠다.

스슥.

바하무트는 아이템을 줍지 않고 한적한 곳으로 자리를 옮겼다. 저런 걸 주울 만큼 궁핍하지도 않았고, 유저들이 다 잡

은 베락을 거저먹은 게 미안해서였다. 금방 다시 찾으러 올
터였다.

"나온 아이템은 죽음의 장갑과 죽음의 부츠, 두 개인가? 대
박이라면 대박이겠지만, 이걸 네 개 포스에서 나눴다면 쪽박
이군. 값나가는 물건이라도 쪼개고 쪼개면 결국 그게 그거니
까."

유저들이 베락을 잡는 이유는 죽음의 세트를 모으기 위해
서였다.

마법 계열, 특히 흑마법사에게 있어 죽음의 세트는 유니크
에 버금가는 최고의 효율을 자랑한다. 8개 풀세트 가격이
5,000만 원 언저리에서 왔다 갔다 했다. 레어로서는 독보적이
었다.

"이건 팔아야지."

바하무트가 장갑과 부츠를 보며 중얼거렸다. 아이템이라
고 무조건 컬렉션에 집어넣지는 않는다. 가치가 없으면 팔아
버린다.

요즘은 대륙상단연합에서 심혈을 기울여서 만든 명품관이
선풍적인 인기를 끄는 중이었다. 경매장보다는 그쪽에 넘기
는 게 훨씬 이득이었다. 경매장은 구시대의 유물이 된 지 오
래였다.

스슥.

바하무트가 텔레포트 스크롤을 꺼냈다. 아마란스 영지로 돌아갈 생각이었다. 사냥터를 옮겨야 하기도 했고, 이것저것 정리할 일도 있었다. 그렇지 않더라도 망자의 묘지는 지긋지긋했다.

[바하무트 님?]

[어? 이 시간에 웬일이세요?]

브레인에게서 음성이 날아왔다. 파티 음성은 사냥에 방해되어 꺼났다. 정말 할 말이 있을 때만 개인 음성을 날리라고 말했다.

바하무트가 놀란 이유는 간단했다.

브레인은 얼마 전부터 낮에만 접속했다. 현실에서 저녁에는 접속하기 힘든 사정이 생겼다. 그 탓에 슈타이너들도 덩달아 낮에만 접속하고 저녁에는 휴식을 취하거나 길드에 집중했다.

그들이 완료할 전직 퀘스트에는 몬스터든 물건이든 무언가를 찾아야 되는 종류가 몇 가지 있었다. 셋 모두 전투 계열 직업이라서 브레인이 없으면 오도 가도 못하는 신세나 다름없었다. 그래서 다들 저녁에는 쉬는 중이었는데 웬일로 저녁에 접속해서 말을 거니 의아했다.

[그게… 제가 들어온 일은 별거 아닌데, 다른 일이 생겼습니다.]

[다른 일요?]

[잠시… 개인 음성을 보내신다네요.]

[네?]

바하무트는 브레인이 무슨 말을 하는지 알아듣지 못했다. 그는 자신의 이해 능력이 부족한 것은 아닌가 하는 생각마저 들었다.

[영지에 들를 수 있나요?]

[어라?]

뜻밖의 상황이 발생했다.

음성이 날아올 때는 누구에게서 왔는지 알아들을 수 있게끔 해주는 기능이 있다. 목소리도 남자와 여자를 철저히 구별한다. 이건 여성의 음성이었다. 그리고 그 여성은 이사벨라였다.

[얼굴을 보고 말하는 게 좋을 듯해서요. 사냥 중이라고 들었어요. 올 수 있나요?]

[아… 네. 마침 끝났습니다. 금방 갈 테니 잠시만 기다려 주세요.]

찌익!

바하무트가 텔레포트 스크롤을 찢었다. 브레인에게 말을 건넬 필요가 없었다. 영지에 도착하면 자초지종을 알 게 될 것이다.

　안절부절.

　브레인이 이사벨라를 힐끔거렸다. 그는 소드퀸을 처음 봤다. 행적이 조용한 유저라서 게임을 하면서 한 번 볼까 말까 했다.

　바하무트와 다니며 대단한 인물들을 손바닥 뒤집듯 쉽게 만났다.

　만나기만 했을까?

　대륙십강의 반과 친분을 쌓았다. 이만하면 인맥으로는 탑 클래스였다. 이사벨라와도 친분을 쌓는다면 반 이상으로 올라간다.

　"차 좀 드세요……."

　"고마워요."

　브레인은 이사벨라를 소극적으로 대했다. 단순히 레벨이 높고 유명해서가 아니었다. 함부로 대할 수 없는 기품이 흘러서다. 어지간한 배우보다 예뻐서 그렇다고 생각하면 오산이었다.

　'왜 온 거지?'

　저녁에 접속하기는 오랜만이었다. 바쁜 와중에 잠깐 시간을 냈다.

바하무트에게 말은 안 했지만, 팜비치의 성수기가 다가와서 준비할 일이 많았다.

포가튼 사가로 벌어놓은 돈이 상당했기에 무리하지 않는 선에서 사업을 구상 중이었다. 평생 게임만 하면서 살 수는 없었다.

어쨌거나 정신없는 나날을 보내고 있었어도 자신에게 주어진 몫은 해야 했다. 슈타이너들을 도와주던 와중에 필요한 아이템과 물품들이 다 떨어졌다. 그것만 정비하고 나가려고 했었다.

그런데 그레이슨이 손님이 왔다면서 응대를 부탁했다. 원래는 바하무트를 찾아왔다는데, 영지를 비운 상태였기에 브레인을 찾아온 것이다. 이사벨라임을 알았을 때는 굉장히 놀랐었다.

바하무트에게 가끔 그녀에 관한 이야기를 들은 정도라서 이렇다 할 정보가 없었다.

이게 기회다 싶어 궁금한 점을 물어봤다. 대부분 단답형이었다. 상대의 질문을 사전에 원천봉쇄했다. 과연, 듣던 대로였다.

스으…….

정적이 이어졌다. 브레인은 바하무트가 빨리 왔으면 했다.

도저히 견딜 수가 없었다.

너무나도 어색했다. 이사벨라는 이런 상황이 익숙한지 무표정으로 일관했다. 얼굴이 두꺼운 건지 원래 그런 건지는 모른다.

"수석 행정관님, 영주님께서 오셨습니다."

"오셨다!"

브레인이 환호하려다가 이사벨라의 눈치를 보고서는 살며시 가라앉혔다. 바하무트가 없으면 영주 집무실로 손님을 안내하지 못한다. 그래서 브레인의 개인 집무실에서 대접하고 있었다.

"가시죠."

"고마워요."

고맙단다. 이사벨라는 만나고 들은 말 중에서 고맙다는 말이 가장 많았다. 브레인은 그녀와 바하무트의 집무실로 이동했다.

*　　　*　　　*

바하무트와 이사벨라가 마주 보고 있었다. 브레인은 서로 대화를 나누라는 간단한 인사말만 남기고 접속을 종료했다. 바쁜 것은 둘째 치고 자신이 끼어들 여지가 없다는 것을 안 것이다.

"랭킹을 확인했어요."

"아아……."

어쩐지 왜 왔나 했다. 바하무트는 레벨 초기화가 되면서 랭킹 1위의 자리를 이사벨라에게 넘겨줬다.

랭킹 시스템이 도입되고 바뀐 적이 없었는데, 이번 갱신으로 기록이 깨져 버렸다. 이사벨라가 이해할 수 없었던 것은 한두 단계 내려 간 게 아닌, 아예 1~10위권에서 사라졌다는 거였다.

"어떻게 된 거죠?"

"사정이 생겼습니다. 이거 설명을 몇 번이나 하는지 모르겠네요."

바하무트는 슈타이너들에게 했던 것처럼 이사벨라에게도 피닉스 퀘스트에 관해서 설명했다.

귀찮았지만 안 가르쳐 줄 게 아니면 그냥 이해시키는 게 나았다. 다행히 머리 좋은 이사벨라는 설명 한 번으로 이해해 줬다.

"지금은 200레벨이라는 건가요? 만년염옥을 복용하면 150 레벨이 더해지고?"

"그렇습니다. 랭킹은 언제든지 복구 가능하니, 본전을 뽑아야죠."

"알겠어요. 잠시 실례 좀 할게요."

"네?"

실례? 무슨 실례를 한단 말인가? 바하무트가 두 눈을 껌뻑이며 이사벨라를 쳐다보고 있을 때 그녀에게서 변화가 시작됐다.

콰콰콰콰!

이사벨라가 오러를 전개했다.

그녀는 하이 엘프 대검객이다. 용족에서는 장군과 비슷한 직책이었다. 예전 같았으면 아무런 영향도 없었을 텐데, 200레벨에 불과한 바하무트로서는 짓누르는 기운을 버티기란 무리였다.

> 가공할 기운이 공간을 장악합니다. 상태이상 전신마비, 정신착란에 걸리셨습니다. 기운이 유지되는 한은 풀리지 않습니다.

전신마비가 육체적 상태이상의 최고 등급이라면 정신착란은 정신적 상태이상의 최고 등급이었다. 일단 이 두 가지에 한꺼번에 걸렸다면 강제 로그아웃을 각오하는 편이 신상에 이로웠다. 움직이지도 못하고 제정신도 아니면 결과는 정해져 있었다.

"크으……."

"죄송해요. 혹시나 해서 거짓말을 하는 게 아닌지 시험해 봤어요."

이사벨라가 기운을 풀었다. 그제야 바하무트의 몸 상태가 정상으로 돌아왔다.

무례인 것을 알았지만, 확실히 하고 싶었다. 그녀도 바하무트가 자신과 싸우기 싫어하는 것쯤은 잘 알았다.

싫다는 티를 그리 풀풀 풍기는데 모르는 자체가 이상하지 않을까?

"괜찮습니다."

"이제 어떻게 하실 건가요?"

"주어진 시간 동안 최대한 레벨을 올려놓으려고 합니다. 전쟁 전략 등은 저 말고도 대신 짜줄 녀석들이 널리고 널렸으니까요."

"그렇군요."

"전쟁 퀘스트가 생성되면 최소 SS+ 이상일 터, 두 번 다시 오지 않을 레벨업의 기회가 될 수도 있습니다. 사국연맹과 제국연합, 이사벨라 님은 어느 곳에 손을 들어주실 생각이십니까?"

"사국연맹이요."

이사벨라는 솔직하게 대답했다. 퀘스트의 포기란 있을 수가 없었다. 바하무트의 말마따나 더욱 위로 치고 올라갈 기회였다.

알카디스가 물어봤을 때는 대답을 회피했다. 그래도 눈치가 있으면 알 터였다. 제국연합에 서서 타마라스의 승리에 보탬이 되기 싫었다. 자연스레 사국연맹의 편에 서게 되는 것이다.

"그러리라 예상했습니다. 하면 개인 소속으로 출전하실 겁니까? 아니면 단체 소속으로 출전하실 겁니까? 아무래도 전자겠지요?"

"네. 혼자가 편해서요. 단체 소속이면 코어나 부사령관을 맡아야 할 듯해요. 누군가를 책임지는 건 쉽지 않아서 부담스럽네요."

바하무트는 그녀의 의견을 존중했다. 그도 슈타이너와 브레인하고만 움직이려 했다.

다모스 왕국 점령전에서 발목에 족쇄를 차고 고생했던 기억이 아직까지 사라지지 않고 남아 있었다. 출전한다는 소문이 들리면 어떤 식으로든 접촉해 오겠지만, 소속되는 것과는 달랐다.

"전쟁 발발까지 특별한 계획이 있으신지? 할 일이 없으시면 저희와 퀘스트 하나 같이 해보시겠습니까? 공유부터 하겠습니다."

"퀘스트요?"

바하무트가 미끼를 던졌다. 이사벨라가 찾아오지 않았어도 먼저 연락해 보려던 참이었다. 믿을 만하고 강력한 전력이면 전부 데려가야 했다. 그녀는 퀘스트라는 단어에 호기심을 표했다.

띠딩!

타락한 천사들의 궁전이 공유되며 이사벨라에게 내용이 흘러들어 갔다. +20레벨이라는 보상 하나만으로도 충분히 해 볼 만한 가치가 있는 퀘스트였다. 역시나 이사벨라의 눈이 신중해졌다.

"방금 저희와라고 하셨는데, 저희에 포함되는 유저들이 누군가요?"

"저를 제외하고 말한다면 슈타이너, 라이세크, 스라웬, 쿠라이, 그리고 아까 보셨던 브레인이라는 친구로서 250레벨이 넘은 2차 전직 맵퍼입니다. 이사벨라 님까지 더하면 총 7명이로군요."

이사벨라의 표정이 편안해졌다. 퀘스트도 그렇고, 구성원도 마음에 들었다. 대륙십강에서 문제될 인원이 전부 다 배제됐다.

"하시겠습니까?"

"당장 결정해야 되는 건 아니죠?"

"다른 녀석들의 3차 전직 완료 전까지는 결정해 주셨으면

합니다."

"3차 전직이요?"

"제가 이 꼴이 돼버려서 슈타이너가 나머지 세 명의 3차 전직을 도와주고 있습니다. 2차 전직 상태로는 아무것도 못하니까요."

2차 전직의 벽이 뚫렸다.

199레벨에 머물던 수십만의 유저가 하나둘 치고 올라오는 중이었다.

2차 전직은 더는 대륙십강만의 전유물이 아니었다. 전쟁에서 두각을 드러내고, 퀘스트에 도움이 되려면 3차 전직은 필수였다.

이사벨라도 그런 현상을 진작 눈치채고 있었다. 벽을 넘어서지 못한다면 대륙십강이라 해서 뒤바뀌지 말라는 법은 없었다.

"퀘스트는 둘째 치고 개인적인 부탁 하나만 들어줄 수 있으신지?"

"듣고 결정할게요."

"간단하게 본론만 말씀드리겠습니다. 라이세크가 정해주는 적국의 울티메이트 마스터 한 명을 상대해 주실 수 있으시겠습니까?"

라이세크는 이사벨라와 뚜렷한 친분이 없었다. 얼굴은 알아도 무언가를 부탁을 할 정도는 아니었다.

바하무트에게 말해놓은 이유도 그래서였다. 그나마 그가 조금이라도 친분이 있었다. 개인 소속으로 출전하는 걸 막을 수는 없겠지만, 이사벨라는 사국연맹의 몇 안 되는 주요 전력이었다.

한 개 축을 담당해야 한다는 뜻이다. 그녀도 전쟁의 패배를 원치 않을 것이다. 퀘스트 실패는 본인에게도 불이익이었다. 강자와의 대결을 즐기는 유저인만큼 거절하지 않으리라 여겨졌다.

"그래요."

"네?"

"직책을 맡아달라는 게 아니라면 지정해 주는 상대와 싸우겠어요."

"아, 네."

바하무트가 말을 더듬었다. 잠깐이라도 고민할 줄 알았다. 그런데 고민은커녕 즉석에서 대답했다.

이사벨라는 사국연맹의 편에서 싸우겠다고 결정했을 때부터 이런 상황이 올지도 모른다고 예상했었다. 마구잡이식으로 치르는 퀘스트가 아닌, 체계적인 대규모 전쟁이었다. 온갖 전략이 난무할 것이다. 혼자 헤집고 다닌다고 해결되지 않는다.

"잠시 이곳에서 머물러도 될까요?"

"저야 영광입니다. 방을 배정해 드릴 테니 그곳에서 머무르시길."

이사벨라는 지쳐 있었다. 바하무트를 따라잡으려고 무리하게 레벨업을 강행했다.

340레벨을 찍었지만, 쉬고픈 마음이 간절했다.

타락한 천사의 궁전을 수락할 건지 말 건지에 대한 결정도 해야 했고, 며칠 동안 머무르며 생각을 해봄이 좋을 듯했다.

*　　　*　　　*

[형, 쿠라이 때문에 미치겠어요. 이 자식 퀘스트 정말 짜증나요.]

[못 잡나?]

[네. 다른 건 비슷비슷한데 이상한 스킬 때문에 계속 실패해요.]

스라웬과 라이세크는 3차 전직 퀘스트를 완료했다. 그리고 마지막 남은 쿠라이를 도와주기 위해 슈타이너와 갖가지 노력을 기울이는 중이었다. 그러나 퀘스트의 특성상 한계가 있었다.

쿠라이는 299레벨의 몬스터를 잡아야 했다. 싸워서 죽이라는 게 아니었다. 말 그대로 잡는 거였다.

문제는 두 가지였다. 타인이 도와줄 수 없다는 것과 잡을만하면 속박마법을 걸어 움직임을 멈추게 만든다는 것이다. 어떤 아이템을 써도 소용없었다. 마법에 걸리면 그대로 굳어버렸다.

[어떡하죠?]

[아무래도 그 마법을 무효화시킬 수 있는 아이템이 필요하겠네.]

[플레이포럼, 경매장, 명품관을 다 뒤졌는데도 그런 건 없었어요.]

[내 컬렉션 중에도 없다. 마법 무효화 옵션이라? 299레벨 몬스터의 마법을 무효화시키려면 못해도 히어로 등급은 되어야겠지?]

라이세크, 스라웬, 쿠라이는 각자가 거대 길드를 다스리는 수장이었다.

그들도 아이템을 구하지 못했다면 바하무트도 딱히 뾰족한 수가 없었다. 어떤 몬스터가 그런 아이템을 주는지는 신만이 알 거다. 쿠라이 녀석, 퀘스트도 참 제 놈 같은 것에 걸렸다.

[일단 몇 번만 더 참고 도전해 봐라. 나도 나대로 알아볼 테

니까.]

[하아! 알겠어요.]

슈타이너의 한숨이 들리며 음성이 끊겼다. 바하무트도 그가 고생하고 있음을 잘 알았다. 마음 같아서는 찾아가서 도와주고 싶지만, 현재 레벨로는 그곳까지 가지 못한다. 데리러 오라는 것도 미안했기에 그냥 할 수 있는 만큼만 해보려 함이었다.

"문제네."

"무슨 문제요?"

이사벨라가 물었다. 그녀는 곰곰이 생각한 끝에 퀘스트를 수락키로 했다.

라이세크들의 전직이 완료되는 대로 출발할 예정이었다. 바하무트 옆에 있던 것은 퀘스트 건으로 대화를 나누는 중이어서다.

"그러니까……."

바하무트가 쿠라이가 처해 있는 상황을 간추렸다. 이사벨라는 특유의 무표정으로 그 이야기를 한참 듣더니 뜬금없이 말했다.

"그거라면 제가 도울 수 있겠네요."

"도울 수 있다고요? 혹시 마법 무효화 아이템을 지니고 계십니까?"

"네. 저 역시 쿠라이 님과 비슷한 전직 퀘스트에 걸려 고생을 많이 했어요. 그러다가 이 검을 얻고 나서 쉽게 해결하게 됐고요."

이사벨라가 이그드라실의 신목검을 꺼내 바하무트에게 보여줬다.

이그드라실의 가호라는 특수 옵션이 눈에 띄었다. 하루에 한 번, 신의 반열에 오른 존재의 공격을 제외하면 어떤 공격이든 막아낼 수 있는 방어결계가 내장되어 있었다. 속박도 일종의 강제였다. 유저의 움직임을 방해하여 공격으로 받아들인다.

이만하면 히어로 최상급으로써 쉽게 구하지 없는 종류에 속했다. 쿠라이가 이 검을 적절하게 사용한다면 퀘스트가 해결된다.

"오! 마법 무효화 옵션이라니, 가만, 신의 반열이면 400레벨? 그럼 399레벨의 공격도 한 번은 막아낸다는 말인가요? 대단하다!"

"330레벨 절망 등급에게까지만 사용해 봤어요. 설명대로 되더군요."

바하무트는 검의 옵션을 보며 감탄했다. 대화산에서 상대했던 볼카이노스의 공격도 막을 수 있다는 뜻이었다. 이런 옵션이면 부르는 게 값일 것이다. 검을 쓰는 유저에게는 더할

나위 없는 보물이고 방어를 위한 스위칭용으로도 매력적이었다.

"검을 빌려 드릴게요. 쿠라이 님을 불러주세요."

"당장 부르겠습니다. 정말 녀석들에게는 가뭄의 단비와 같겠네요."

바하무트가 슈타이너에게 다시금 음성을 날렸다. 서로 대화를 끝낸 지 30분도 채 안 지난 상태였다. 희소식을 들은 슈타이너가 미친 듯이 소리 지르며 영지로 돌아가겠다고 답장했다.

*　　　*　　　*

브레인은 지금 이 순간을 사진에 담고 싶었다. 실제로 동영상과 스크린 샷을 남모르게 찍는 중이었다. 눈앞에 대륙십강의 여섯 명이 모여 있었다. 돈 주고도 못 볼 신기한 광경이었다.

"우리가 이렇게 모이게 될 줄이야. 살다 보니 이런 일도 생기는군."

"그러게요. 그래도 종종 안면을 익혀서 그런지 어색하지는 않네요."

라이세크와 스라웬이 한마디씩 했다.

슈타이너는 의자에 처박혀 시체처럼 늘어졌다. 생명력이 충만하면 캐릭터는 멀쩡하지만, 그 캐릭터를 조종하는 사람의 정신력은 끝없이 고갈된다.

"쿠라이, 넌 정말 민폐의 근원이다. 데리고 사는 스라웬이 존경스러워."

"닥쳐!"

"양심이 있으면 주둥이 좀 닫아. 네가 봐도 다섯 번 실패는 너무하지 않냐? 어서 이사벨라 님에게 절하고 누님이라고 불러라."

"끄응!"

정곡을 찔린 쿠라이가 앓는 소리를 냈다. 슈타이너의 말이 자존심이 강한 그의 가슴을 아프게 했다. 그러면서도 공유된 이그드라실의 신목검을 살펴봤다. 실로 놀라운 아이템이었다.

"이걸 아무런 대가없이 빌려주겠다는 겁니까? 제가 먹고 튀면 어쩌려고 그러십니까? 팔면 수십억은 가볍게 나올 것 같은데."

대륙십강 중에서 이사벨라와 편하게 말을 나눌 존재는 고작 세 명에 불과했다.

바하무트, 슈타이너, 알카디스였다. 나머지 여섯 명은 앙숙이거나 대충 아는 편이었다. 쿠라이도 마찬가지였다. 어찌어찌해서 도움을 받게 됐다지만, 어떻게 받아들여야 할지 모르겠다.

"바하무트 님과 슈타이너 님이 보증해 주셨어요. 절대 그럴 사람이 아니라고. 만약에라도 그런 일이 발생한다면 책임져 주기로."

"책임이요?"

"그거 꿀꺽하면 울프 로드가 거지 로드가 되는 마법을 보여줄게."

"거, 거지 로드?"

슈타이너가 손가락으로 창날을 콕콕 찌르면서 말했다. 그에 쿠라이가 흠칫하며 한 걸음 뒤로 물러났다. 행동 자체가 장난인 걸 알았지만, 그가 아는 슈타이너는 한다면 하는 놈이었다.

"우리 둘이 아이템에 대한 보증을 섰어. 단순해도 남의 아이템 먹고 튈 놈은 아니니까. 니쿠룸하고 레이란처럼 되기는 싫겠지?"

"하하! 장난으로 하는 말이지? 날 니쿠룸하고 비교해? 그 새끼는 전쟁 시작과 동시에 강제 로그아웃 확정이다! 그동안 엿 먹은 걸 생각하면 갈아 마셔도 시원치 않아! 반드시 죽여주겠어!"

쿠라이는 니쿠룸을 생각하자 화가 치미는지 입에 게거품

을 물었다.

불의 신전부터 루펠린 왕성에서의 일까지, 그 뻔뻔한 면상을 갈아엎고 싶었다. 그는 한참을 날뛰다가 스라웬에 의해 흥분을 가라앉혔다. 그리고는 모두에게 고마움을 표현했다.

"이까짓 아이템 하나에 인간관계 박살 낼 만큼 멍청하지 않다. 그래도 믿어줘서 고맙고, 빌려줘서 감사드립니다. 이사벨라 님."

"저도 고개 숙여 감사드릴게요. 무사히 가져올 테니 걱정 마세요."

"아니에요. 도움이 된다면 그걸로 족해요. 꼭 완료하시길 빌어요."

스라웬도 부인의 입장에서 대답했다. 쿠라이가 아이템을 꿀꺽하려 했다면 그녀가 앞서서 말렸을 터였다.

수십억은 큰돈이다.

그러나 팔대길드의 두 곳을 다스리는 둘에게는 그다지 큰 메리트가 없었다. 수십억이 아닌 수백억이었어도 대륙십강의 최상위권 랭커 세 명과 척을 지면서까지 욕심을 부리지는 않았을 것이다.

"간다."

"지금?"

"혼자 가겠다. 줄줄이 따라올 필요 없어. 이곳에서 쉬고 있어라."

휘익.

슈타이너가 휘파람을 불었다. 듣던 중 반가운 소리였다. 내심 가기 귀찮다고 생각하던 중이었다.

쿠라이의 머리로 그걸 예상했을 리는 없다. 따라오지 않아도 된다면 가지 않아도 되는 거였다. 알아서 잘해내리라 믿었다.

"나도 안 간다?"

"아니… 그건… 그래도 자기는 가줘야 하지 않을까? 남편인데?"

스라웬의 말해 쿠라이의 표정이 우울해졌다. 그게 얼마나 웃긴지 모두의 얼굴에 미소가 감돌았다.

남들에게는 다혈질에 미친개로 불리고 있었지만, 그는 공처가였다.

스라웬이 가주겠다고 대답했다. 그제야 쿠라이의 얼굴이 정상으로 돌아왔다.

"다녀올게요."

"3차 전직을 끝마치고 오면 그때 퀘스트에 관한 상의를 해보자."

타락한 천사의 궁전에 관한 이야기였다. 아직 이렇다 할 계획을 짜놓지는 않았다. 서로 바빴기에 말만 해놓은 상태였다. 무턱대고 갔다간 전멸이었다. 가기 전에 의견을 맞춰봐야 했다.

스슥.

쿠라이와 스라웬이 이동 준비를 했다. 전직 퀘스트 수행을 위해 가까운 도시로 가려는 것이다. 그런데 뜻밖의 일이 발생했다.

띠딩!

헬렌비아 폰 크라이시아 17세가 사국연맹에 정식으로 전쟁을 선포합니다.

아루스, 루칸, 투스반 왕국, 아반트 공국이 헬렌비아 제국의 전쟁 선포를 지지합니다. 개전은 오늘을 기준으로 정확히 ㅁㅁ일 후입니다. 날짜가 다가올수록 대륙이 큰 혼란에 빠집니다.

장내에 모여 있던 모두의 몸이 돌처럼 굳었다. 드디어 올게 왔다. 황제가 전쟁을 선포한 것이다. 그것도 무려 에피소드였다.

[에피소드 I : 혼란의 시대(SSS)]

내용 : 헬렌비아 제국의 황제, 헬렌비아 폰 크라이시아 17세는 거대한 야망을 품은 냉혈의 군주이다. 그는 누구도 이루지 못한 대륙통일을 꿈꾼다. 살아서뿐만 아니라 죽어서까지도 만인에게 기억되기를 원한다. 전쟁으로 사라질 수많은 목숨은 그에게 있어서 위대한 업적의 밑거름, 작은 희생에 불과하다. 피할 수 없다. 승리하지 못한다면 모든 것을 잃게 된다. 용사들이여! 사국연맹의 승리를 위해 검을 뽑을 때가 왔도다!

제한 : 1, 2, 3차 전직.

성공 : 제국연합의 몰락. 황제의 패전 인정.

실패 : 사국연맹의 몰락. 황제의 패전 인정.

보상 : 10레벨 증가, 레어 아이템 한 가지, 전원에게 10만 골드.

공적 보상

1위. 레전드 아이템 한 가지, 5,000만 골드, 왕의 직책과 더불어 건국의 기회.

2위. 히어로 아이템 세 가지, 2,000만 골드, 왕의 직책과 더불어 건국의 기회.

3위. 히어로 아이템 두 가지, 1,000만 골드, 왕의 직책과 더불어 공국의 임명.

일반 페널티

1. 15레벨 하락, 국적 소멸.

2. 일인당 1만 골드의 전쟁 배상금 지급.

귀족 페널티

1. 30레벨 하락. 국적 소멸.

2. 일인당 100만 골드의 전쟁 배상금 지급.

3. 영지와 작위의 몰수 : 능력에 따라 차별 대우.

4. 코어 이상의 지휘관, 남작 이상의 귀족은 처형 범위에 해당하며, 전쟁 중에 처형 권한을 지닌 자에게 죽는다면 캐릭터 삭제.

내용마다 입이 벌어진다. 특히 귀족 페널티를 받으면 패전 시 게임을 접어야 했다. 아니, 페널티를 받기 전에 4번에만 걸려도 끝이었다.

처형권한을 지닌 존재가 극소수에 불과하더라도 그 극소수에 타마라스가 포함되어 있었다. 그리고 그는 자신들을 절대 살려주지 않을 것이다.

"크큭! 지면 망하는 거군."

"훗! 겁나냐? 칼베인 국적 포기하고 재산 정리해서 여행이나 떠나라. 그러면 퀘스트와 관계없이 마음 놓고 살아갈 수 있으니까."

"90일이면 3달이니, 타락한 천사들의 궁전을 완료할 시간은 충분하다. 쿠라이, 여기서 노닥거리지 말고 전직이나 끝내라."

바하무트가 말했다. 쿠라이가 고개를 끄덕이며 스라웬과 텔레포트했다. 남은 네 명은 퀘스트를 훑다 한마디씩 주고받았다.

"경각심을 가져야겠어. 이건 개인이 강하다고 이길 전쟁이 아니야."

라이세크는 대륙전쟁이 현실이 됐음을 실감했다. 얼마나 많은 NPC와 유저가 참전할지 미지수였다. 수천만이 될 수도 있었다. 개인이 강하면 도움은 되겠지만, 절대적일 수는 없었다.

"전쟁 전까지 너와 스라웬, 쿠라이는 못해도 300대 초반을 넘어야 한다. 슈타이너는 중반을, 이사벨라 님은 후반이다. 나는……."

선택지는 없었다.

바하무트의 목표는 399레벨이었다. 만년염옥이 있다면 가능하다.

　전력을 최대한 끌어 올려놔야 했다. 제국연합도 만반의 준비를 갖출 것이다.

　죽느냐 사느냐의 문제였다.

43장
성혈의 사원

플레이포럼에 대륙전쟁에 관한 공지가 떴다. 운영진이 직접 올린 내용이었다.

얼마 전 퀘스트가 생성되며 유저들 전체에게 전송됐다.

유저들은 성공과 실패에 대해 고민하며 퀘스트의 수락을 뒤로 밀었다.

수락과 거절은 본인의 자유였고, 이는 쉽게 결정할 일이 아니었다.

공지는 복잡하지 않았다. 퀘스트 창에서 제공되는 내용보다 좀 더 자세하게 서술된 정도였다.

단순한 SSS등급이라도 적잖은 파장을 불러일으킬 텐데, 그도 모자라서 에피소드라는 명칭이 붙어버렸다. 즉, 이 전쟁으로 대륙의 판도가 뒤바뀌어 게임에 큰 영향을 준다는 뜻이었다.

이에 국적을 지닌 유저들이 신경질을 부렸다.

보상은 안 받아도 그만이다. 그러나 퀘스트 실패의 페널티는 게임 인생을 나락으로 빠뜨릴 만큼 끔찍했다.

플레이포럼은 논쟁의 중심지가 돼버렸다. 뚜렷한 해결책을 찾지 못한 유저들의 분풀이였다.

곧 밀려올 거대한 해일에게서 나약한 자신들을 보호해 줄 방패가 필요했다.

유저들은 보호해 줄 곳을 찾아갔다.

게임에서는 길드만 한 곳이 없었다. 개인 소속 유저들이 너도나도 길드 가입을 희망했다. 중소길드와 거대길드로 끝없는 인파가 몰렸다.

거대길드는 유저를 가려 받았기에 일일이 걸러내느라 곤욕을 치렀고, 중소길드는 이를 틈타 규모를 불리겠다는 생각에 들떴다. 이처럼 대륙 각지에서부터 작은 변화가 생겨나고 있었다.

*　　　*　　　*

하사인 공작령.

라이세크의 영지이자 거센 바람 길드의 총단이다. 루펠린 제국에 분포된 연합길드의 중심지이기도 했다.

이곳은 지금 유저와 건물이 반반이었다. 통제가 불가능할 정도로 몰려들어 텔레포트 포탈을 닫고 성문을 내려서 허용 범위의 유저들만 입장시켰다. 정말이지 난리도 이런 난리가 없었다.

"밀지 마!"

"순서 지켜! 내 차례라고!"

"내가 먼저 왔어! 레벨도 낮은 것들이! 미쳤어? 저리 안 꺼 지냐?"

거센 바람 길드의 접수처가 마비됐다.

대륙전쟁 퀘스트가 생성된 지 10일이 흘렀다. 독고다이를 희망하던 유저들은 똥줄이 탔는지 질서고 나발이고 손끝만 스쳐도 욕지거리를 내뱉었다.

"줄줄!"

"줄서세요! 말썽 부리면 쫓아냅니다! 아직 시간 많으니까 차례대로 접수하세요! 거기! 이봐요! 저기, 야! 이 새끼야! 줄 서라고!"

예의를 지키던 길드원의 말투가 다양하게 변하더니 결국

은 유저들처럼 욕으로 탈바꿈했다. 그야말로 무질서의 향연
이었다.

"잡아끌지 마! 너 내가 누군 줄 알아? 내 친구가 여기 간부
라고!"

"당신 줄 안 섰잖아요. 나가세요. 길드원의 권한으로 추방
합니다."

길드원이 마법사의 팔을 붙잡고 끌고 나가자 어디서 많이
듣던 레퍼토리가 흘러나왔다. 저런 부류는 하루에도 수십 명
이었다.

"잠깐!"

"어? 부접수장님?"

[내 친구 맞아. 미안하다. 내가 승급 점수 잘 줄 테니 좀 봐
줘라.]

[저는 못 본 겁니다.]

확률은 낮지만, 간혹 가다 거짓말 중에 사실이 섞이고는 했
다.

눈살을 찌푸릴 상황임에도 길드원은 마법사의 팔을 놔줬
다.

하급 간부라도 직속 상관이었다. 정예 길드원이 되려면 승
급 점수를 잘 받아야 했다. 더러워도 모른 척해주는 게 정답
이었다.

꿈틀!

마법사는 생명력이 달았는지 인상을 찌푸렸다. 그리고는 뭐라고 크게 한마디 하려다가 친구의 음성을 듣고서 행동을 멈췄다.

[소란 피우지 마라. 접수장한테 걸리면 크게 혼난다. 몇 명쯤은 괜찮지만 친구들 전부를 몰래몰래 접수시켰다. 이건 비리야.]

[거센 바람 길드 간부 끗발이 그거밖에 안 되냐? 다 허풍이었지?]

[중급이나 상급 간부 정도면 마음대로 하는 게 가능해. 그런데 난 아직 그렇게까지는 못해. 벌써 6명이나 해줬다고. 알겠어?]

하급 간부의 추천이면 3명쯤은 간단한 심사 후에 가입시킬 수 있다. 6명이면 본인의 역량을 넘은, 친구를 위한 도박이었다.

단순히 그 혼자 6명을 접수시켜 줬다면 길드에서 눈감아줬을 터였다.

문제는 간부란 간부가 죄다 제 식구 챙기기에 혈안이 되어 있다는 것이었다.

나 하나쯤이야라는 마음가짐 탓이었다.

[네가 사태의 심각성을 모르는 모양이구나. 시간 많다고 떠

들어대는 거? 다 거짓말이야. 아직 80일이나 남았으니 많기는 많지. 하지만 우리 길드가 팔대길드의 한 곳이라도 포용할 수 있는 유저 숫자는 한계가 있다. 그게 끝나면 무조건 개인 참전이야.]

사국연맹과 제국연합.

둘 중 한 곳은 엄청난 페널티를 감수해야 한다. 이것도 보통 유저의 경우고, 귀족 작위를 지녔다면 회생 불가의 타격을 입는다.

길드를 등에 업든 말든 살 놈은 살고 죽을 놈은 죽는다. 확률 차이였다. 길드가 있으면 보호와 더불어 지원을 받을 수 있었다. 유저들은 그것만을 바라보고 이곳까지 찾아온 것이었다.

스윽.

마법사가 친구를 따라 접수처로 들어가면서 잠시 뒤를 돌아봤다. 완전 아비규환이 따로 없었다.

80일 뒤에는 지금보다 몇 배 이상 심해질 것이다.

[눈 돌려. 마주쳐서 좋을 것 없다. 시끄러워지면 우리만 손해야.]

[미안, 괜히 오지랖 떨었다.]

마법사가 사과했다. 남 걱정할 여유가 있다면 본인의 앞날이나 걱정해야 될 상황이었다. 쓸데없는 잡념은 사치에 불과했다.

* * *

포가튼 사가 초창기.

육성이 극악하단 이유로 남들에게 무시하던 비주류 직업의 바하무트와 슈타이너는 서로 의기투합해서 파티 하나를 결성했다.

이 파티는 그동안 쭉 깨지지 않고 유지됐으며, 단 한 번도 인원수가 네 명을 넘은 적이 없었다. 둘은 예외 없이 자리를 지켰고, 특별한 경우에만 한두 명이 더 추가됐다. 그러던 게 지금은 인원수가 일곱 명으로 증가했다. 신기한 현상이었다.

[10일을 줬는데, 3일을 더 기다리라고? 너희 퀘스트하기 싫으냐?]

슈타이너의 음성에 짜증이 섞여 있었다. 라이세크들은 길드의 업무를 처리하겠다며 바하무트에게 10일의 시간을 달라 했다. 그런데 이제 와 3일의 시간을 다시금 요구하니 화가 난 것이다.

[이해해 줬으면 좋겠다. 너와 바하무트는 길드가 없어서 모르겠지만, 우리도 최선을 다하는 중이다. 대륙전쟁 퀘스트가

뜬 이후로 참전을 희망하는 유저들이 끊임없이 밀려들고 있다. 이건 휘하 간부들에게 맡기더라도 다른 중요 업무는 꼭 내가 처리해야 한다. 전부 내팽개쳐 버리면 뒷일은 누가 수습하겠냐!]

[미안해요, 슈타이너 님. 저도 이러고 싶지 않은데 어쩔 수가 없어요. 3일만 더 부탁할게요. 업무량이 평소보다 훨씬 많아요.]

[네놈이 여기 와서 이거 해볼래? 얼마나 힘든데! 죽을 것 같다고!]

라이세크와 마찬가지로 스라웬과 쿠라이도 죽을 맛이었다.

다들 시간을 끌고 싶어서 끄는 게 아니었다.

당장은 출발할 만한 여건이 안 됐다. 하루가 멀다 하고 왕궁을 들락날락거렸다. 고위 귀족들과 전략을 짜느라 정신이 없었다.

향후 한 달 내로 사국연맹의 모든 귀족에게 황제와 국왕이 직접 내린 병력 동원령이 떨어질 것이다. 개인 사병까지 내놓으라는 뜻이었다. 대륙전쟁은 유저뿐 아니라 NPC에게도 중요했다.

[그만해. 라이세크의 말이 맞다. 수장으로서 나 몰라라 한다는 건 말도 안 되지. 출발을 3일 말고 5일 늦춘다. 여기서

더 늦추면 타락한 천사의 궁전은 포기하도록 하자. 시간이 모자라.]

바하무트는 라이세크들의 심정을 이해했다. 높은 직책은 많은 걸 누리는 반면에 책임져야 할 일도 많다.

그렇기에 업무를 수습할 시간을 추가로 내어줬다.

더는 무리였다. 75일이면 빠듯했다.

퀘스트 하나에 75일 전부를 투자할 수는 없었다. 디데이가 다가올수록 바빠질 게 뻔했다.

마지막 10일 정도 남는다면 그때부터는 눈코 뜰 새가 없을 터였다.

[당일 정시까지 아마란스 영지 중앙 분수대로 오면 된다. 알겠지?]

[고맙다.]

[이번에는 꼭 약속 지킬게요.]

[알았다.]

바하무트의 말에 라이세크들이 그러겠다고 했다. 그들로서도 원활한 전쟁을 위해 타락한 천사들의 궁전을 꼭 완료해야 했다.

*　　　*　　　*

푸아아아.

분수가 치솟는다. 투명한 물방울이 따스한 햇살에 반사되며 아름다움을 뽐내었다.

아마란스 후작령.

말이 후작령일 뿐이었다. 메릴 강 건너편, 사마귀 초원을 정벌했기에 그 규모는 공작령을 넘어섰다. 그럼에도 바하무트의 작위가 승작되지 않는 것은 공적치가 모자라서다. 후작에서 공작이 되려면 라이세크처럼 국가에 큰 기여를 해야 함이었다.

바하무트는 외부와의 교류를 단절하고 본인 영지에만 집중했다. 한쪽에 치우친 것이다. 어차피 그는 기여에는 관심이 없었다.

"절망의 평원으로 맨티스 워리어 사냥 가실 탱커, 딜러 구합니다!"

"30분 뒤에 A급 퀘스트 '장군의 목' 하러 가실 포스 모집합니다!"

"맨티스 녹여 버리는 레어 장비! 붉은 열정의 마음, 10만 골드 혹은 현금 1,000만 원에 팝니다! 동급 도적이나 암살자 아이템으로 교환 가능!"

활기가 넘쳤다.

수천 명 이상의 유저가 아마란스 영지의 중앙에서 서로에게 필요한 무언가를 해결했다. 비록 초입이라도 사마귀 초원과의 통로가 뚫리면서 절망의 평원에 진입하기가 한결 쉬워졌다.

바하무트는 실라우리스의 후계자였던 세실리아를 살려줬다.

세실리아는 휘하에 남은 맨티스들을 규합해서 뒤로 후퇴했다. 그 탓에 아마란스는 맨티스와 국경을 마주하게 돼버렸다.

언제 침공 당할지 불안함에도 바하무트는 사병을 늘려 영지를 보호하지 않았다.

풍부한 사냥터만 제공해 주면 유저라는 무보수 병력이 1년 365일 밤낮 안 가리고 영지를 지켜줬다.

사냥터를 유료로 돌리지 않았어도 따지고 보면 손해는 없었다.

"슬슬 올 때가 됐는데……."

"그러네요."

슈타이너가 분수대에 마련된 벤치에 앉아 중얼거렸다. 브레인이 그의 말에 동의했다.

10분만 지나면 정시였다. 약속한 대로 라이세크들이 올 시간이었다. 바하무트와 이사벨라는 말없이 주변의 풍경을 구경했다.

띠딩!

모두에게 알림음이 들렸다.

파티가 같은 지역, 일정 범위에 들어서면 저절로 알려준다. 굳이 파티 창을 확인하지 않아도 그들이 왔다는 것을 알 수 있었다.

뚜벅뚜벅.

월드 맵에 서로의 위치가 표시된다. 바하무트 쪽으로 라이세크들이 빠르게 다가왔다. 도합 일곱 명의 파티원이 모두 모였다.

"하아! 지금까지 업무에 치였다. 쉬다 가도 모자랄 판에 이런 컨디션으로 가야 한다니."

"저와 쿠라이도 같아요. 전투나 제대로 할 수 있을지 의문이네요."

라이세크와 스라웬이 도착하자마자 신세 한탄을 했다. 바하무트가 준 5일의 시간에서 휴식은 현실에서 잠잘 때밖에 없었다.

"타락한 천사의 궁전에 들어가서가 문제일 뿐, 가기까지는 골치 아픈 일이 없을 거다. 그게 휴식이다 생각하면 좀 낫지 않을까?"

"됐다. 엄살 한번 피워봤다. 이런 일 한두 번 겪은 것도 아니고."

바하무트의 말에 라이세크가 손사래를 쳤다. 벌어지는 일의 규모가 달라서 그렇지 게임 초창기 시절에도 꽤 많이 겪어 봤다.

　"그나저나, 최근 여유롭게 구경한 적이 없어서 몰랐는데, 아마란스가 영지가 이만큼이나 발전하다니… 얼마나 쏟아부었냐?"

　예전에 봤을 때는 꽤 좋은 상급 자작령에 불과했다. 그러던 게 점차 발전되며 본인 영지인 하사스 공작령보다도 거대해졌다. 기여도가 조금만 더 높아지면 공작, 아니, 공왕이 될 것이다.

　"확실히는 모르지만, 벌어들이는 금액의 3~4할은 투자한 듯하다. 이제는 자리가 잡혀서 영지의 세금만으로 충분히 돌아간다."

　바하무트의 지출은 크게 두 가지로 나눠진다. 아마란스 영지와 폭룡무군의 유지였다. 그 외에는 잡다했다. 이제는 후자 쪽에만 신경 쓰면 된다. 전자는 자체적으로 해결할 수 있었다.

　"아아! 영지 이야기는 그만하도록 하자. 중요한건 그게 아니잖아?"

　"쿠라이의 말대로다. 이동하자. 설명은 가면서 차근차근 하겠다."

우웅!

말을 끝마친 바하무트가 포탈로 몸을 실었다. 자세한 설명은 복잡한 이동이 끝나고 남는 시간이 길어질 때 하는 게 좋았다.

*　　　　*　　　　*

바하무트 일행이 적대 국가인 루칸 왕국에 발을 들였다. 그리고는 몇 개의 영지를 거쳐 쭉 남하했다.

사국연맹의 귀족인 것을 들켜서는 안 되기에 조심스럽게 행동했다.

그는 주변이 한적해질 쯤부터 퀘스트의 정보를 차근차근 설명했다.

모두에게 공유되는 정보는 천족이 어찌해서 사라졌고 타락했는지에 관한 정도뿐이었다.

단편적이라는 소리다.

어디로 어떻게 가야 하고 무엇을 해야 하는지는 없었다. 중요한 정보는 퀘스트를 받은 당사자에게만 제공된다. 그게 보통 퀘스트와는 다른, 시크릿 퀘스트만이 갖는 고유의 특성이었다.

포가튼 사가는 퀘스트를 꼬아놓지 않는다. 수수께끼처럼

실마리를 찾는 데 몇 달 이상을 허비하게 하는 게임과는 차별화되어 있었다. 조금의 노력만 기울이면 기본적인 정보 등은 쉽게 찾는다. 물론 퀘스트 등급이 높을수록 그런 정보도 제한된다.

어쨌거나 기본적인 게 쉬운 만큼 기타 난이도가 올라간다.

예를 들어 보스가 무지막지하게 강하다든가 막상 완료를 눈앞에 둔 상태에서 유저들을 절망의 구렁텅이로 빠뜨린다든가 말이다.

바하무트는 지난 보름 동안 사냥을 하면서 틈틈이 천족과 관련된 서적을 읽었다.

먼 옛날의 유산이라 구하기가 쉽지 않았다. 그 탓에 황궁서고에 들어가기도 했고, 개인적으로 비싼 값을 치르고 구매하기도 했다. 심지어는 쿠라이나 스라웬 등의 도움을 받기도 했었다.

마지막은 머리 좋은 브레인의 몫이었다. 바하무트는 본인에게만 제공되는 정보와 외부에서 알아낸 정보를 그에게 알려줬다.

마침내 그 결과, 브레인은 일행의 목적지를 두 곳으로 추려냈다.

성혈의 사원.

바하무트 일행이 찾아가는 고대의 유적이었다. 천족이 용족과 마족하고 삼신족으로 불리던 시절, 순백의 신성함을 찬양하던 신도들이 성심을 다해 만든 신전이었다. 천족들에게 있어서는 인간들과의 소통을 가능케 했던 유일한 길이었던 곳이다.

'왜 천사들의 쉼터보다 성혈의 사원을 첫 번째로 선택하셨습니까?'

'이건 순전히 감인데, 그곳보다는 이곳이 더 애틋할 거 같거든요.'

바하무트의 질문에 대한 브레인의 답변이었다.

그라고 해서 정확한 위치를 집어낼 수는 없었다.

인원을 반으로 나눌 수도 없었기에 둘 중 하나를 선택해야 했다.

천사들의 쉼터는 천족들이 중간계에 머물 때 사용하던 일종의 휴식처였다.

인간과 소통하던 성혈의 사원과는 달리 비교적 비중이 적었다.

게임 제작자라면 좀 더 흥미 있게 스토리를 구성해야 함이었다.

그런 의미에서 성혈의 사원이 딱이었다.

"바하무트."

"응?"

길을 걷던 중에 라이세크가 그를 불렀다. 정적을 깬 한마디였다.

"만년염옥은 어떡할 거냐?"

"아, 이거?"

바하무트는 아직 만년염옥을 복용하지 않았다. 레벨 초기화 이후로 사냥에 파묻혀 살았지만, 249레벨을 복구하는 데 실패했다. 초반에는 해내리라 자신했음에도 이게 만만치가 않았다.

현재 그는 220레벨이었다. 만년염옥을 복용하면 단숨에 375레벨이 된다.

시간 비례 레벨업을 따졌을 때 피닉스 퀘스트로 +10레벨쯤 이득을 본 것이다. 결론적으로 399레벨이라는 목표는 날아갔다.

"그거 나 주면 안 될까? 내 전 재산을 털어서라도, 아니면 내 마누라의 전 재산까지 털어서라도 사고 싶다. 먹지 말고 팔아라."

"너 죽을래?"

쿠라이가 만년염옥을 욕심냈다. 그에 옆에 있던 슈타이너가 쌍심지를 켰다.

일행 중에서 바하무트와 브레인을 제외하면 전부 3차 전직 유저였다. 누구든지 만년염옥을 복용하면 399레벨이 될 수 있다.

이사벨라와 라이세크마저 은근히 눈빛을 빛냈다. 판다면 현실의 재력이라도 끌고 올 기세였다. 뜨거운 열기가 느껴졌다.

"싫어."

"쩝."

쿠라이가 입맛을 다셨다. 바하무트가 그 모습에 살며시 웃었다.

퀘스트의 성공을 위한 효율만 보면 이사벨라나 슈타이너가 복용하는 게 옳다.

라이세크들은 스킬과 장비 모든 면에서 부족했다. 399레벨이 돼도 레벨 깡패에 불과하다.

설사 효율이 좋더라도 내줄 생각이 없었다. 그에게도 욕심이란 게 있었다.

자신에게 있어도 그만 없어도 그만이면 남에게 양보할지도 모른다.

그러나 자신에게 도움이 되고 남에게도 도움이 된다면 사양이었다.

왜냐고? 자선 가업가가 아니니까.

"언제 복용하려고?"

"퀘스트 초반이다. 타락한 천사의 왕이 어떤 방식으로 나타날지는 미지수지만, 적어도 성혈의 사원에서 나타나지는 않겠지. 전력이 부족하면 그때 먹겠다. 아직은 레벨을 더 올려야 해."

솔직히 일행의 전력으로 보건대 왕 전까지는 위험할 거라는 생각이 안 들었다.

짐을 떠안기는 감이 없잖아 있었어도 불필요한 손해를 보기 싫었다.

퀘스트를 제공해 줬고, 슈타이너가 3차 전직까지 도와줬다. 잠시나마 기댈 자격은 충분했다.

"하긴, 2차 전직이라 해서 퀘스트가 튕기지는 않으니 상관없겠군."

"그래."

타락한 천사의 궁전은 3차 전직 이상만 받을 수 있는 제한이 걸려 있다. 바하무트가 레벨 초기화에 걸렸어도 이미 받은 상태였기에 취소되지 않은 거였다. 그게 아니었다면 알짤 없었다.

콰콰콰쾅!

남하 도중에 사냥을 하는 몇몇 유저를 발견했다. 별다른 접점이 없으므로 서로 보고도 무시했다. 지나가겠거니 한 것이다.

바하무트 일행이 대륙십강의 여섯임을 저들이 알았다면 관심이 집중됐겠지만, 은신의 망토를 착용했기에 방해받지 않았다.

"황량하네요."

"얼마나 더 가야 하지?"

스라웬과 라이세크가 드넓은 황무지를 보며 말했다. 풀 한 포기 없는 버려진 땅이었다.

성혈의 사원은 미개척 지역이었다. 알아내는 방법은 간단했다. 플레이포럼을 검색해 보거나 정보길드에 의뢰해 보면 된다.

몇 년 동안 누적된 정보량은 상상을 초월했다. 그런데도 알아내지 못했다. 그 말은 유저들의 손을 타지 않았다는 뜻이었다.

터벅.

황무지에 들어서고도 계속해서 걸음을 옮겼다. 몬스터의 습격 같은 것은 없었다. 황폐한 땅처럼 몬스터도 씨가 마른듯했다.

띠딩!

755미터 전방에서 기척을 감지했습니다. 숫자는 하나. NPC입니다.

중심에서 걸어가던 브레인이 움직임을 멈췄다. 지역탐색 스킬에 무언가 걸렸다. 그 탓에 일행도 덩달아 멈췄다. 비전투직업인 그를 보호하기 위한 원진 형태였기에 신속하고 원활했다.

"잠시."

"왜 그러십니까?"

"앞에 NPC가 있습니다. 플레이포럼에서 봤던 NPC인가 봅니다."

유저들은 성혈의 사원의 존재를 모른다. 그래도 황무지 너머에 뭐가 있을지에 관해서는 궁금해들 했다.

만약에 던전이라도 발견하면 큰돈을 벌 수 있어서였다. 난이도가 높아 진입이 불가능하면 거대길드에 팔아도 남는 장사였다. 그렇기에 파티나 포스를 이뤄 황무지를 건너려고 해봤다.

루칸 왕국의 남쪽으로 남하하다 보면 이상한 문양이 새겨진 바위기둥을 발견할 수 있습니다. 유저들의 이동 속도에 따라 다르겠지만, 거기까지 가는 데 평균적으로 반나절 정도 걸립니다.

여행가 톰이라는 유저가 남긴 글이었다. 정보 분석관인 브레인만큼은 아니더라도 나름 유명한 축에 속했다. 대부분의 정보를 다루는 유저가 그렇듯, 그 역시도 호기심이 차고 넘쳤다.

저는 지리학자라는 직업 덕분에 바위기둥에 접근하기 300미터 전부터 그곳에 NPC 한 명이 상주하고 있다는 것을 알아냈습니다. 직감적으로 저 너머에 무언가가 있다 생각하고서 199레벨 유저로 구성된 풀 포스와 겁도 없이 찾아갔습니다. 바위기둥에 있던 NPC는 노인이었습니다. 회색 중갑을 착용하고 있는 그 노인이 저희를 보더니 대뜸 이렇게 묻더군요.

노인은 유저들에게 '자네들은 성스러운 계시를 믿는가?' 라고 말했다. 톰은 그의 말뜻을 곰곰이 생각하다가 믿는다고 해봤다.

'거짓말! 네놈들이 믿었다면 그분들이 그리되셨을 리가 없다! 살 자격이 없는 불경한 존재들이여! 성스러운 심판을 받아라!'

그러더니 노인의 육체에서 탁한 빛이 뿜어지며 엄청난 기운을 발산했다.

이후로는 당연히 전투였다.

199레벨 유저들로 구성된 풀 포스답게 꽤 버텨냈지만, 오래가지는 못했다.

노인의 정체는 299레벨의 팔라딘이었다.

검과 신성력을 능숙하게 사용했기에 그야말로 속수무책으로 당했다.

미쳐 날뛰는 노인이 얼마나 무서운지 그날 제대로 느꼈습니다. 칼질은 칼질대로 해대고 전신에 도배된 신성주문의 가호 탓에 스킬이든 마법이든 죄다 튕겨 나고, 대륙십강 아니면 답이 없을 정도였습니다. 도망치지도 못했으니… 뭐, 아시겠죠?

아쉬움을 느낀 톰은 세 개 포스를 모집해서 다시금 찾아갔다. 그리고는 믿는다고 했던 말의 반대인 믿지 않는다고 말했다.

결과는 마찬가지였다. 믿으면 거짓말이라며 죽이고 안 믿으면 그럴 줄 알았다며 죽였다. 톰은 미친 노인을 죽여야 바위기둥을 넘어갈 수 있다 여겼음에도 무지막지한 강함에 포기했다.

그가 포기하고도 일부 유저가 혹시나 하는 심정으로 도전해 봤지만, 언제나처럼 노인에게 죽어 레벨만 다운되어 돌아왔다.

"누가 할래?"

"내가 한다. 3차 전직을 했는데도 힘을 못 써봐서 근질근질하거든."

슈타이너가 일행들을 둘러보며 말하자 쿠라이가 한발 앞으로 나섰다.

3차 전직을 완료하고 곧바로 업무에 투입됐다. 그를 포함한 모두가 바빴던 나머지 제대로 된 실전을 겪어보지 못했다.

조금씩 바위기둥에 가까워져 갔다. 200~300미터까지 접근했을 무렵에는 대륙십강의 여섯도 NPC의 기척을 확실히 감지했다.

299레벨 타락한 팔라딘.

기둥지기장 세슈타리크.

바하무트는 본능적으로 세슈타리크의 실력이 마족의 자작과 비슷함을 눈치챘다. 현재의 그로서는 죽었다 깨어나도 못이긴다.

"저 노인이야? 지금 죽일까?"

"기다려 봐."

바하무트가 쿠라이의 행동을 제지했다.

죽이는 건 쉬웠다. 그렇다고 무턱대고 죽일 수는 없다. 그의 짐작이 맞다면 세슈타리크는 성혈의 사원으로 통하는 길목을 지키는 가디언이었다.

"흘흘, 그렇게 죽고서도 새로운 여행가들이 또 왔군. 자네들도 다른 이들처럼 질문에 대답해 보게나. 성스러운 계시를 믿는가?"

"믿고 안 믿고가 중요한 겁니까? 종교적인 믿음은 개인의 자유, 타인이 자신의 잣대로 믿음을 강요하는 것은 옳지 못합니다."

일행의 중심에서 보호받던 브레인이 말했다. 꼭 질문에 대한 대답을 해야 하는지 시험해 보는 것이었다.

글의 내용대로 믿고 안 믿고 상관없이 죽이면 세슈타리크와의 대화는 무의미했다. 손해 볼 것도 없고 무섭지도 않았다.

그의 일행 중 한 명만 나서도 세슈타리크는 죽은 목숨이었다.

평범한 유저들과 왔었다면 예/아니요 중의 하나를 대답했을지도 모른다. 세슈타리크가 주는 압박감에 여유가 사라지고 빨리 대답해야 한다는 생각만이 가득했겠지만, 지금은 아니었다.

"응? 자네 내 질문에 대답하지 않겠다는 건가?"

"대답해 드리겠습니다. 그러니 제 질문에 대한 대답부터 해주시죠."

브레인은 일행을 믿고 막 나갔다. 억지를 부리는 것이다. 예의로 따졌을 때 먼저 질문한 한 사람에게 우선권이 생긴다.

"좋아. 먼저 대답하지. 개인의 자유라고 했나? 맞아. 믿음을 강요하는 것은 옳지 못한 일일세. 그런데 나는 믿음을 강요한 게 아니야. 말 그대로, 믿는지 안 믿는지를 물어봤을 뿐이네."

"듣기로는 둘 중 어떤 대답을 해도 죽인다고 하더군요. 그럴 거면 처음부터 죽이면 되는 것을, 쓸데없는 질문을 왜 하시는지?"

"흐흐! 진심이 담겨 있지 않으면 내가 원하는 대답을 하더라도 틀린 대답이 된다네. 그런 놈들은 죽어 마땅하지. 아니 그런가?"

"한마디로, 믿는다는 말을 듣고 싶은데, 진심이 아니라서 죽인 거고 안 믿는다고 했을 때는 정말 믿지 않아서 죽인 것이군요."

세슈타리크가 이빨을 내보이며 미소 지었다. 스산하고 섬뜩했다.

"이제 내 질문에 대답해 보게나. 자네는 성스러운 계시를 믿는가?"

"믿지 않습니다. 성스러운 계시가 무엇인지도 모르고 누구를 믿어야 할지도 모르는데 뭘 믿습니까? 당신이라면 믿겠습니까?"

들썩.

세슈타리크의 어깨가 흔들렸다. 조근조근 대답하던 조금 전과는 달리 뚜렷한 변화가 느껴질 정도로 자신의 감정을 내비쳤다.

"크하하하! 마음에 드는구나! 그래! 맞는 말이다! 멍청한 놈들은 내 질문에 대답하기만 급급하고, 정작 본질을 파악하지 못했어! 그대는 자격이 있다. 어떤가? 나와 그분들을 믿겠는가?"

띠딩!

기둥지기장 세슈타리크가 본인의 권한으로 당신을 성혈의 사원으로 초대합니다. 초대에 응하시면 숨겨진 직업인 타락한 신도로 자동 전직되며 이제까지 쌓아놨던 모든 게 사라집니다. 대신 그보다 큰 보상을 얻게 됩니다. 어떻게 하시겠습니까?

"사이비 종교는 믿지 않아서요. 호의는 고맙지만 사양하겠습니다."

브레인이 거절했다.

지금도 떵떵거리며 잘 살고 있었다. 전직 보상이 얼마나 대단한지는 몰라도 가진 걸 잃으면서까지 하고 싶은 마음은 없었다.

"거절하기에는 이미 늦었다! 잠시만 기다려라. 주변의 연놈들을 모조리 죽이고 강제적으로라도 그분들의 의지를 심어주겠다!"

콰아아아!

세슈타리크가 신성력을 끌어 올렸다. 모름지기 신성력이라 하면 새하얀 순백일진대, 그에게서는 탁한 빛이 분출됐다. 사방으로 뻗어 나가는 빛에 의해 흙먼지가 나풀대며 땅이 흔들렸다.

"바하무트, 일단 족쳐 놓고 죽이기 직전에 물어봐도 되지 않을까?"

끄덕.

바하무트가 그러라는 식으로 응답했다. 쿠라이가 귀를 후벼파면서 세슈타리크에게 다가갔다.

그 이야기를 듣던 세슈타리크가 기가 막히단 투로 언성을 높였다.

"겁을 상실한 놈이로군. 고작 7명이서 찾아온 것도 어이가 없는데 네놈 혼자서 날 상대하겠다고?"

"나로도 차고 넘친다. 기둥이나 지키는 몸 풀기용 노예가 허세는."

파팟!

쿠라이가 지면을 박찼다. 노인의 정면으로 달려가던 그의 육체가 분열되며 수십 개의 환영을 만들어냈다.

분신술 같은 건 아니었다. 빠른 움직임 탓에 생기는 잔상이었다.

"헉!"

"옆이다. 어딜 보냐?"

후우우웅!

쿠라이의 오른쪽 주먹이 노인의 옆구리로 쇄도했다. 공격을 허용하면 갑옷은 물론이고 갈비뼈를 죄다 으깨 버릴 위력이었다.

"나의 천사 펠리안이시여! 적을 물리칠 철퇴와 성스러운 가호를 내려주소서!"

번쩍!

노인이 신성주문을 외우자 하늘에 구멍이 뚫렸다. 지름 2미터가량의 작은 틈으로 탁한 빛이 뿜어지며 노인을 집어삼켰다.

쿠라이는 그 빛을 무시했다. 야수화하지 않았어도 오러를 70% 가까이 전개한 상태였다. 저런 빛쯤은 단번에 박살 낸다.

콰아아앙!

"크윽!"

"으하하하! 신성한 빛을 주먹으로 치다니! 멍청하기 짝이 없구나!"

쿠라이가 튕겨 나갔다. 엄청난 반발력이 느껴졌다. 그의 공격에 잠깐 출렁이긴 했지만, 그뿐이었다. 유효타를 먹이지 못했다.

우웅우웅!

노인의 전신에 새겨진 문양이 살아 있는 듯 꿈틀댔다. 종류는 달라도 신을 믿는 자들만 쓸 수 있는 신성주문임은 분명했다.

"내가 모시는 펠리안님은 4계급의 주천사시다! 그분의 가호가 있는 한 내가 질 일은 없다!"

주천사면 도미니온즈였다. 중급 천사 중에서는 가장 강했다. 용족이나 마족과 비교하면 백팔전룡이나 자작, 백작에 속했다.

"도와줄까?"

"가만히 보고 있어라."

슈타이너가 농담을 건넸다. 쿠라이가 으르렁거리며 이를 갈았다.

콰지지직!

부분변화가 진행되며 쿠라이의 다리에 은색 갈기가 돋아

났다. 그가 착용한 가죽 갑옷이 터질 듯 부풀었다.

야수화에는 못 미쳐도 공격력은 웬만큼 따라간다. 조금 전에는 튕겨 나갔지만, 이번에는 어림도 없었다. 제아무리 강해진대도 한계는 정해져 있었다. 이제 그 차이를 가르쳐 주려 함이다.

"그 다리… 라이칸 슬로프인가?"

"어쩌라고."

쿠라이가 근육을 이완시켰다. 일일이 대꾸하기 귀찮았다. 쪽팔린 건 한번으로 족했다.

상대가 강한 편이라서 쉽게 제압하기 어려워도 어디 해봐야겠다.

쿠우우웅!

세슈타리크가 신성력으로 본인에게 허락된 한계치까지 모든 권능을 증폭시켰다.

신성한 빛이 흔들렸던 것도 그렇고 우습게 볼 상대가 아니었다.

퍼엉!

쿠라이가 다시 한 번 튀어 나갔다. 그가 서 있던 자리에 선명한 발자국이 찍혔다.

충격을 못 버틴 땅바닥이 갈라진 것이다. 실로 대단한 각력이었다. 오러도 90% 이상 전개했다. 말을 함부로 하는 경향이 있어도 막상 전투에 들어가면 누구보다 진지해지는 성격이었다.

콰콰콰콰!

쿠라이의 공격이 쏟아졌다. 세슈타리크의 손발이 어지러워지며 연신 뒷걸음질 쳤다.

팔라딘은 검과 신성력을 동시에 쓴다.

그러나 반반씩 익혀서 순수한 기사보다는 전투 능력이 약했다.

그걸 신성력으로 커버한다. 비슷한 상대이거나 약한 상대에게는 큰 효과를 발휘하지만, 강한 상대에게는 미약했다. 쿠라이는 인간으로서 사용할 수 있는 대부분의 힘을 보인 상태였다.

쿠아아앙!

"쿠라이 녀석, 잘 싸우네요."

"299레벨이 강해봤자 거기서 거기지. 처음부터 정해진 결과였다."

슈타이너의 눈이 쿠라이의 움직임을 따라갔다. 다른 이들도 마찬가지였다. 바하무트와 브레인만 그의 움직임을 놓쳤다.

그래도 상황이 어떻게 돌아가는지쯤은 안 봐도 알 수 있었다.

파파파팟!

쿠라이의 육체에 상처가 늘어갔다.

흐름을 압도하기는 해도 힘을 숨기면서 제압까지 하려하니 꽤 힘든가 보다. 원래 죽이는 것보다 사로잡는 게 어려운 법이다.

퍼엉!

전투가 진행된 지 30분이 흘렀다. 슬슬 결판나려는 징조가 보였다.

"이익! 펠리안의 방패!"

세슈타리크는 여기서 더 밀리면 승산이 없다 판단하고 숨긴 힘을 드러냈다.

"방패?"

"이 방패는 펠리안님과 계약할 때 그분께서 내려주신 권능이다!"

우우우웅!

세슈타리크가 왼팔에 착용한 방패에 신성력을 주입했다. 탁한 빛이 모여들며 그의 육체를 통째로 가릴 만큼 거대한 방패가 생성됐다. 두께도 상당한 게 대충 봐도 한 방어력 할 듯했다.

"딱 보니 그게 밑천인가 봐? 일격에 뚫어줄게. 대화 좀 나눠보자."

드드드득.

쿠라이가 팔까지 변화시켰다. 사실상 머리와 몸통만 빼고는 사지 전부를 야수화한 것이다.

사뭇 괴기하기는 했어도 이조차 특수 종족만이 지닐 수 있는 특권이었다. 변신족이라고는 용족과 라이칸 슬로프뿐이었으니까.

광폭한 늑대왕의 송곳니.
제삼격 : 성난 늑대의 돌진.

쿠앙!

쿠라이의 오러가 실타래 엉키듯 모여들며 일정한 형태를 갖췄다. 오러로 만들어진 늑대였다.

늑대는 손발톱을 한껏 치켜들고 펠리안의 방패를 향해 달려갔다. 쉽게 말해 몸통 박치기였다. 흡사 성난 황소를 보는 듯했다.

쩌어어엉!

공격과 방어가 충돌하며 고막이 터질 만큼 우렁찬 굉음이 황무지 너머로 퍼져 나갔다. 시원하게 트여 있는 곳이었기에 일정 반경 내에 유저가 있다면 이 소리를 들었을 가능성이 높았다.

쩌저저적!

먼지가 가라앉으며 둘의 모습이 시야에 들어왔다. 쿠라이의 어깨가 세슈타리크의 방패에 박혀 있었다.

신성력은 누적되는 충격을 못 버티고 흩어졌다. 순수 방패 그 대로의 모습이었다. 박힌 곳을 중심으로 시작된 작은 균열이 점차 범위를 넓혀갔다. 그의 말마따나 일격에 박살 낸 것이다.

후두두둑!

균열이 끝나면서 고철로 변한 방패가 완전히 깨졌다. 그에 세슈타리크의 눈동자가 화등잔만 하게 커졌다. 믿을 수가 없었다.

"이럴 수가! 페, 펠리안의 방패가!"

"2차 전직이었다면 야수화 상태로도 승패를 장담치 못했겠어."

탁.

쿠라이가 어깨를 한 바퀴 돌리고는 세슈타리크의 팔을 붙잡았다. 혹시라도 도망칠 것을 대비해서 미리미리 손써놓은 것이다.

"놔, 놔라!"

"너 같으면 잘도 놔주겠다. 방패 박살 난 걸 제외하면 아직은 멀쩡하니까, 반 정도만 죽어라. 그래야 대화하기가 편해지겠다."

아우우우!

쿠라이가 세슈타리크의 정면에서 최고 출력의 울프 하울링을 내질렀다. 적의 사기를 꺾고 이성을 제압하는 라이칸 슬로프 고유의 패시브 스킬이었다. 흔히들 용족의 용마후와 비교한다.

"적당히… 죽지 않을 만큼만……."

"이놈!"

쿠라이의 손톱이 단도처럼 길쭉해졌다. 위기감을 느낀 세슈타리크가 검을 휘둘렀다. 팔을 붙잡은 손을 잘라내기 위해서였다.

광폭한 늑대왕의 송곳니.
제일격 : 날쌘 늑대의 발톱.

스거거걱!

으아아악!

중갑이 무슨 종이쪼가리마냥 찢어졌다. 살갗도 무사하지 못했다. 살이 베이며 피가 튀었다. 다소 잔인한 광경임에도 바하무트 일행은 눈 하나 껌뻑하지 않았다. 언제나 있는 일이었다.

끄르르르.

질질.

세슈타리크가 금방이라도 숨이 넘어갈 듯이 껙껙대며 끌려 왔다.

"이거면 될까?"

"말해주기를 기대하고 잡으라고 했던 건 아니다. 혹시나 해서지."

NPC들은 충성도가 높다.

안 그런 놈도 많지만, 적어도 신을 믿는 신관들은 거의 맹목적이었다. 자신들의 신에게 누가 되는 행동을 하지 않을 것이다.

"…성혈의 사원에 발을 들이지 말라……. 그곳이 어딘 줄 아느냐?"

"타락천사들이 그곳에 잠들어 있나?"

"타락……? 누가 타락했다는 것이냐! 천신 메제기스 님은 당하기만 했던 그분들을 버리셨다! 아니, 모든 종족이 천족에게서 등을 돌렸다! 타락? 네놈들이 먼저 버렸으면서 타락이라고!"

"말을 정정하지. 성혈의 사원에 천사들이 있나? 아니면 어디로 가야 그들을 볼 수 있지?"

"내가 말할 것 같으냐? 흐흐흐흐! 경고하마! 그곳에 발을

들이는 순간 네놈들은 죽은 목숨이다! 나는 단순한 문지기일
뿐이야!"

"난 레벨이 안 돼서 못하겠고, 슈타이너, 용마안 고급에 올
랐지?"

"네. 세뇌해 볼까요? 정신력이 강한 놈들은 실패할 확률이
높아서."

"해봐."

바하무트의 레벨이 정상이었다면 굳이 타인에게 부탁하지
않고 스스로 해결했을 터였다. 그의 용마안 숙련도는 특급이
었다. 세슈타리크의 믿음이 맹목적이라 해도 웬만해서는 성
공한다.

파앗!

황금빛이 폭사되며 슈타이너가 현신했다. 골든 나가의 본
체가 나타나자 세슈타리크가 소리쳤다.

"용족!"

"시끄럽고, 우리가 원하는 대답이나 내놔라."

슈타이너가 용마안을 전개했다.

그의 눈동자가 황금색으로 물들며 정신제압에 들어갔다.
세슈타리크의 눈동자가 흐리멍텅하게 변했다. 제대로 걸려
든 것이다.

[성혈의 사원에 천족이 있나? 만약에 없으면 어디로 가야

만나지?!

이런 식으로 고급 정보를 캐낸다면 매사가 쉬우리라. 퀘스트 등급마다 다르지만, 난이도가 높을수록 강력한 제약이 따른다.

"하늘, 조심하세요."

"헛!"

퍼어어엉!

가장 먼저 기운을 느낀 이사벨라가 하늘을 쳐다보며 말했다. 수십 미터 직경의 빛줄기가 지상으로 곤두박질쳤다. 정확하게 일행이 모여 있는 지역이었다. 조준하고 날린 공격이었다.

채애애앵!

이사벨라가 검을 뽑아 그대로 올려 쳤다. 명성에 걸맞은 어마어마한 참격이 발출되며 하늘과 땅의 중심에서 빛줄기와 만났다.

쿠아아아아아앙!

수백 미터 범위를 휩쓰는 대단위 충격파가 터지며 대기를 밀어냈다. 예상치 못한 공격이었다.

누가 그랬다는 짐작도 없었다. 공격의 기운만 느꼈을 뿐이었다.

"으윽!"

"이사벨라 님, 괜찮으십니까?"

안부를 물어보는 바하무트가 경악했다. 그녀가 검을 떨군 채 무릎을 꿇고 있었다. 파티 창으로 보이는 생명력도 20%나 줄었다. 둘도 아닌 한 번의 격돌로 소드퀸이 저 지경이 돼버렸다.

"이건 불순한 의도를 지닌 네놈들에게 내려주는 왕의 신벌이다!"

"신벌?"

바하무트가 반문했다. 공격당한 사이에 세슈타리크에게 걸린 용마안이 풀렸다.

정신을 집중해야 하는데 충격으로 흩어져서였다. 다시 해보려고 해도 똑같은 상대에게 계속 쓰면 효과가 반감된다. 상황을 보아하니, 천사들의 휴식처 말고 이곳을 찾아온 게 잘한 듯싶었다.

"이사벨라 님."

"저는 괜찮아요. 왕의 신벌이라면 타락한 천사의 왕이라는 건가요?"

"이자의 말대로라면 그런 것 같습니다. 400레벨 이상의 존재라면 이런 공격이 가능할 겁니다. 천천히 차근차근 진행해야겠네요."

장기 퀘스트는 사냥의 연장선상이었다. 대륙전쟁까지 남

은 시간이 75일, 두 달 정도는 레벨업을 하면서 전력을 끌어올린다.

"이놈 죽여도 돼요?"

"응."

"왕께서 용서하지 않으리라!"

푸욱.

슈타이너의 창이 세슈타리크의 심장을 관통했다. 쓸모가 없으면 죽인다. 건재했어도 못 버틸 공격이었다. 당연히 즉사였다.

띠딩!

> 세슈타리크를 죽임으로써 퀘스트가 갱신됩니다. 타락한 천사의 왕이 당신들의 행동에 분노합니다.

[기어이 돌아가지 못할 강을 건너고 말았구나. 좋다. 너희가 원하는 답을 알려주겠다. 성혈의 사원이 나에게로 오는 통로다. 오거라. 하루살이보다 하찮은 목숨을 내손으로 끊어주마.]

세슈타리크가 열쇠였나 보다. 그가 죽자마자 하늘에서 목소리가 들렸다. 여러 개로 중첩됐기에 대충 들어도 범상치 않왔다.

"주사위가 던져졌네."

"가죠."

슈타이너가 성큼성큼 걸어갔다. 일행도 하나둘 멈춰 있던 걸음을 옮겼다. 바하무트도 그들을 따랐다. 주사위는 던져졌다.

*   *   *

바하무트 일행은 기둥을 넘어선 이후로도 한참이나 길을 헤맸다. 대부분 고난이도의 던전은 강력한 마법에 보호를 받는다.

성혈의 사원이 타락한 천사들의 궁전으로 가는 통로임은 확인됐지만, 쉽게 찾을 수 없는 곳에 몸을 숨기고 있었다. 누군가 찾는다고 떡하니 모습을 나타낸다면 만든 의미가 사라진다.

바하무트 일행은 사방으로 흩어졌다. 그렇다고 무작정 흩어진 건 아니었다. 중심축인 바하무트와 브레인은 제자리에 남았다.

특히 브레인은 자신에게 허락되는 최고 스킬인 광역정밀 탐색을 사용했다. 탐색 범위를 두 배나 넓혀주는 마스터 맵퍼의 비기였다. 덕분에 황무지에서의 활동 반경이 눈에 띄게 좁혀졌다. 이런저런 제약이 많았기에 평소에는 사용하지 않는 종류였다.

더 나아가 슈타이너들도 가만있지 않았다. 각자 맡은 방향에서 진실을 꿰뚫어 볼 수 있는 종족 고유 스킬들을 풀가동했다.

용족에게 용마안이 있다면 하이엘프에게는 심안, 라이칸슬로프에게는 야수의 감각, 페어리에게는 자연의 숨결 등이 있었다.

일련의 과정들이 서로에게 시너지 효과를 발생시켜 실제로는 광역정밀탐색보다도 훨씬 더 넓은 범위를 시야에 집어넣었다.

다들 300레벨을 넘은 3차 전직 유저여서 한 치의 빈틈도 없었다.

그러나 몇 날 며칠이 지나도 이렇다 할 성과를 거두지 못했다. 황무지 어디를 가도 허허벌판에 불과했다. 일행의 스킬에도 성혈의 사원은 발견되지 않았다. 뭔가 다른 방법이 필요했다.

"끝이 없네."

"대체 어디로 가야 되는 거지?"

성격이 급한 슈타이너와 쿠라이가 투덜댔다. 사실 대놓고

의사 표현을 하는 이는 둘뿐이었지만, 내심 일행 전부가 길찾기에 스트레스를 받는 중이었다. 그중에서도 브레인의 스트레스가 가장 심했다. 이 분야에서만큼은 그만한 전문가가 없어서였다. 그런데 시간이 흐름에도 찾지 못하니 답답했던 것이다.

우웅.

브레인은 플레이포럼을 포함해서 정보를 다루는 모든 지인에게 도움을 요청했다.

기둥지기장 세슈타리크나 천족에 관한 모든 정보를 실시간으로 공유받았다. 혹시라도 스스로 놓친 게 있나 싶어서였다.

문제는 그마저도 무의미하다는 것이었다.

"이대로는 진전이 없겠어. 지도상에 표기된 황무지의 넓이는 루칸 왕국의 70%가량이다. 바하무트, 네가 한국에 산다고 했었나? 한국과 비교하면 반절쯤 되겠군. 단순히 찾는 정도라면 시간싸움이겠지만, 숨어 있는 걸 찾는 것이기에 비효율적이야."

가만있던 라이세크가 한마디 했다. 매사 신중하게 행동하던 그가 시간 낭비라는 표현을 입 밖으로 꺼냈다. 그와 몇몇은 대륙전쟁 전에 퀘스트를 끝내야 한다는 압박감을 지니고 있었다.

75일.

아니다. 정확히는 71일 남았다. 황무지에서만 4일을 보낸 것이다.

시간만 많았다면 전역을 뒤져도 괜찮았다. 그러다 보면 언젠가는 모습이 드러날 테니까.

라이세크의 걱정은 하나였다.

스킬 등으로 찾는 게 아니라 특정 조건을 이행해야 하는 거라면? 그렇다면 지금 하고 있는 행동들은 아무짝에도 쓸모가 없었다.

"지나친 지역만도 20%는 족히 될 거다. 이론상으로 따지면 16일을 더 소모하고서야 황무지 탐색이 끝난다. 방법을 바꾸자."

브레인은 둘째 치더라도 대륙십강의 여섯은 그동안 세지도 못할 종류의 퀘스트를 겪어왔다.

정말이지 별의별 것이 다 있었다. 더군다나 휘하 길드원들이 물어오는 것도 상당히 많았다. 이처럼 시간이 촉박한 상황에서 해결해야 한다면 적절한 순간에 맞춰 계획을 수정해야만 했다. 계속 똑같은 방법을 고수하는 것은 멍청한 짓이었다.

"어떡하면 좋을까?"

"넌센스 퀴즈는 답에 대한 힌트를 알려주고 시작한다. 사람들은 그걸 알면서도 답과 힌트를 매치시키지 못하지. 어쩌면 이번 퀘스트 역시 그럴지도 모른다. 천사들의 왕은 우리의 행동에 분노를 품고 말을 걸어왔다. 그 안에 답이 있지 않을까?'

라이세크는 브레인만큼 머리가 좋지 않다. 그렇기에 복잡하게 생각하기보다 그냥 단순하게 생각하기로 했다. 이만큼이나 찾음에도 성과가 없다면 첫 단추부터 잘못 끼웠다고 느낀 것이다.

"저도 들렸던 말을 몇 번이고 되새겨 봤지만, 실마리를 찾지는 못했습니다."

브레인이 말했다. 세슈타리크를 죽이고서 기둥도 살펴봤다. 평범한 구조물 같지는 않아서였다.

특별한 것은 없었다. 별 볼 일 없는 돌덩어리에 불과할 뿐이었다.

끄덕.

모두가 고개를 끄덕였다. 다들 한 번씩은 기둥을 만져 봤다. 심지어는 동시에 만지기도 했다.

시작이 중요하다는 걸 누구보다도 잘 아는 이들이었다. 발을 내딛기에 앞서 신중해야 했다.

"알고 있습니다. 한데 이상하게 그 말과 기둥이 자꾸 걸립니다."

라이세크는 천사들의 왕이 했던 말에서 숨은 의미를 찾기보다 그대로를 받아들였다. 마치 문을 열어놨으니 빨리 오라는 듯, 제집에 초대한다는 표현이 딱 들어맞았다. 게임을 어렵사리 진행하는 현재의 상황과 비교하면 묘한 괴리감이 느껴졌다.

일행들이 라이세크의 의견에 귀를 기울였다. 들을수록 공감된다.

"그 기둥에 온갖 짓을 다 해봤어도 한 가지 안 해본 게 있습니다."

"안 해본 거?"

슈타이너가 되물었다. 생각나는 선에서 웬만한 건 다했다. 외부 조사는 물론, 고급 마법 스크롤로 까다로운 검사까지 끝마쳤다.

"다소 무식한 방법이긴 해도 시간 낭비하느니 해보는 게 좋겠다."

라이세크가 입을 열었다. 그에 전원이 아! 라는 탄성을 내질렀다.

굳이 머리를 심하게 굴릴 필요도 없는 방법이었다.

간단했다. 기둥을 부숴 버리는 것이다. 될지 안 될지는 모르겠지만.

*　　　*　　　*

　기둥으로 돌아가기까지 그리 오래 걸리지는 않았다. 이미 브레인의 지도제작 스킬에 위치가 표시되어 있었기에 몇 시간 만에 목적지에 도착했다. 세슈타리크가 죽었기에 텅 비어 있었다.

　"이걸 부수면 되는 거야?"

　"그전에 다시 한 번만 살펴보자. 놓쳤던 걸 찾을지도 모르니까."

　쿠라이가 팔을 빙글빙글 돌리며 본인이 하겠다는 제스처를 취했다. 그를 본 라이세크가 제지했다. 부수면 돌이키지 못한다.

　"브레인 님, 수고 좀 해주세요."

　"알겠습니다."

　브레인이 대답하며 나섰다. 맵퍼가 보유하고 있는 탐색스킬은 땅에 한정되지 않는다. 수학 공식처럼 다방면에 걸쳐 유용하게 사용된다. 예로 눈앞의 기둥에 적용하면 기둥을 땅처럼 탐색하는 것이다. 당연하지만, 특화된 전문 직업에는 못 미친다.

　전문과 비전문의 차이를 두지 않는다면 슈타이너처럼 용창기병과 주술사 등의 듀얼클래스를 선택한 이는 바보가 될 터였다.

"4일 전에도 해봤는데 소용없었잖아. 이거야말로 시간 낭비겠다."

쿠라이의 말이 맞았다. 같은 행동을 반복하는 것이다. 그때도 나오지 않았다. 지금이라고 해서 나올 리가 없었다. 어쨌거나 라이세크는 그의 말을 무시했고, 브레인은 스킬을 사용했다.

번쩍.

브레인에게서 뿜어진 밝은 빛이 몇 번에 걸쳐 기둥을 스캔했다.

그리고는 시간이 지나면서 빛이 사그라질 때쯤, 역시나라는 듯 고개를 양옆으로 저었다. 결과는 마찬가지였다. 그가 3차 전직을 했다면 뭔가 알아냈었을 수도 있었을 텐데. 제아무리 레벨을 올려 스킬을 강화했어도 2차 전직의 한계는 명확했다.

"거봐. 시간 낭비였지? 자! 부수는 일만 남았나? 내가 해도 괜찮지?"

"쿠라이 님의 영혼이 시키는 대로 하세요. 아무도 말리지 않아요."

슈타이너가 비꼬듯이 말하자 쿠라이가 잠시 그를 노려보다가 기둥 쪽으로 시선을 돌렸다. 하루 이틀 그런 것도 아니어서 이제는 꽤 내성이 생겼다.

문제는 스라웬이었다.

남편은 몸으로 하는 일이면 뭐든 하려고 나섰다.

솔선수범이란 좋은 단어가 있지만, 어쩔 때는 부끄러워서
얼굴을 들 수가 없었다.

"힘내세요."

"아아… 아사벨라 님까지……."

가만있던 이사벨라가 스라웬을 위로했다. 차가운 표정과
는 달리 사뭇 진지했다.

그게 스라웬을 더더욱 부끄럽게 만들었다. 차라리 바하무
트나 라이세크가 말했다면 그러려니 하고 모른 척 넘어갔을
것이다.

"흐흐! 수수깡 부러뜨리듯 두 동강을 내주마."

"야! 빨리 끝내. 황무지만 지켜보다가 내 마음이 황무지가
되겠다."

웅성웅성.

포부를 밝힌 쿠라이가 기둥 앞으로 걸음을 옮겼다. 일행은
눈으로는 그를 쳐다보면서 입으로는 남는 시간을 활용하여
대화를 나눴다. 눈과 입이 일치해야 한다는 법은 어디에도 없
었다.

콰득.

쿠우우웅!

쿠라이가 오러를 전력으로 전개했다. 그의 다리가 지면을 파고들었고, 분출되는 기운에 흙먼지가 나풀댔다. 정강이로 후려칠 속셈이었다.

기둥은 높이가 10미터에 지름이 45~50센티미터 정도였다.

이 정도면 1차 전직 유저도 박살 낼 수 있었다.

콰아아앙!

부풀대로 부푼 허벅지 근육이 튕김과 동시에 쿠라이의 오른발이 허공으로 치솟았다.

폭탄이 터지는 폭음이 들리면서 기둥과 그의 정강이가 충돌했다.

우웅!

그 순간 세슈타리크의 기운과 같은 탁한 빛이 기둥을 감싸더니 쿠라이의 발차기를 막아냈다.

충격을 받은 빛은 물결치듯 흔들리다가 이내 제 모습을 갖췄다.

"다시 쳐봐라."

"좋아! 이번에는 성공한다!"

쩌어어엉!

바하무트의 요청에 쿠라이가 다시금 기둥을 후려쳤지만,

원하는 성과를 이루지 못했다. 그러나 다른 이들은 특이점을 찾았다.

"방금 저거 본 사람?"

"저요."

"저도 봤어요."

"나도 봤다."

슈타이너, 이사벨라, 라이세크를 포함한 모두가 말했다. 레벨과는 관계없이 육안으로 확인할 수 있기에 브레인도 확인했다.

"뭘 봤다는 거야?"

"네 쪽에서는 안 보이겠네. 내가 치는 때에 맞춰서 기둥을 살펴봐."

창을 뽑아 든 슈타이너가 곧바로 소닉 붐을 펼쳤다. 건성으로 펼쳤기에 평소 위력의 절반도 안 됐지만, 여전히 위협적이었다.

쩌쩡!

충격이 생기면서 기둥 위쪽으로 탁한 날개의 천사가 형상화됐다.

그 천사의 날개는 충격량에 따라 하얘지고 탁해지기를 반복했다.

쿠라이가 쳤을 때나 슈타이너가 쳤을 때나 하얘지는 공간은 10%를 넘지 못했다.

쉽게 말해 지금보다 10배 이상의 충격을 가해야 어떤 식으로든 새로운 변화가 나타난다는 것이다.

"봤냐?"

"봤다. 천사 날개."

쿠라이가 뚱한 표정을 지으면서 말했다. 그걸 지켜보던 스라웬이 안도했다. 자신의 남편이 구제불능의 바보는 아니 어서다.

"천사의 날개를 온통 새하얗게 만들려면 이쯤으로는 어림도 없겠다. 시간 끌 필요 없이 나나 이사벨라 님이 하는 게 좋겠어."

바하무트가 만년염옥을 복용하지 않는 한, 일행 중에서 이사벨라와 슈타이너보다 강한 유저는 없었다. 특히 단순 공격력에서는 슈타이너가 우위였다. 이사벨라는 공격력보다 기교가 뛰어났다. 그렇다고 좁히지 못할 만큼 차이가 심하지도 않았다.

"나보고 순순히 물러서라고? 이 쿠라이보고? 됐어! 너희는 지켜만 봐!"

"자존심 내세울 때냐?"

"한 번만!"

"지켜보다가 쿠라이가 실패하면 너나 이사벨라 님이 나서도록 해."

바하무트가 둘 사이에 껴들었다.

슈타이너가 어깨를 으쓱거리더니 제자리로 돌아갔다. 아까 전까지만 해도 대화를 나누던 일행이 언제 그랬냐는 듯 침묵하고서 쳐다봄에 쿠라이가 침을 꿀꺽 삼켰다. 이상하게 긴장됐다.

"그래 알았다. 알았다고! 이 나쁜 자식들아! 내 밑천을 보여주마!"

콰지지직!

아우우우!

쿠라이가 야수화했다. 화려한 은빛 털이 살갗을 뚫고 튀어나오며 끈적끈적한 살기가 사방을 잠식했다. 전체적인 모습은 2차 전직 때와 비슷했지만, 덩치는 두 배 가까이 커진듯했다.

쿠웅!

스거거걱!

그가 발을 굴렀다. 사람의 몸통만 한 발자국이 찍히며 날카로운 발톱이 지면을 할퀴었다. 과연 육체를 흉기로 쓰는 종족다웠다.

이때만큼은 항상 장난치던 슈타이너도 조용히 했다.

상대가 진심을 보였다. 그에 걸맞게 대우해 주는 게 예의였다.

<u>스스스스.</u>

가뜩이나 긴 쿠라이의 손톱이 1미터 가까이 길어졌다. 그의 손톱은 날카롭고 두꺼운 장검을 보는 듯했다. 오러 없이도 강도 높은 강철과 바위를 조각 낼 정도였다.

지금만 해도 그렇다.

어찌나 날카로운지 손톱 사이에서 바람 베이는 소리가 들렸다.

쩌엉!

쿠라이가 몸을 띄웠다. 그 충격으로 바닥이 거미줄처럼 갈라지며 그를 반대 방향으로 튕겨냈다.

오러까지 주입했기에 한 마리 새처럼 훨훨 날았다. 거의 백 미터 이상 치솟은 그가 하늘에서 땅을 향해 손톱을 내리그었다.

광폭한 늑대왕의 송곳니.
종격 : 포효하는 늑대의 천지 가르기.

푸화아악!

공간이 일그러졌다. 다섯 개의 빛줄기가 기둥을 향해 쇄도했다. 세상이 쪼개지는 느낌이 들었다. 그만큼이나 압도적이었다.

콰콰콰콰쾅!

내리치는 빛줄기의 숫자에 따라 정확하게 다섯 번의 폭발음이 울렸다. 공격 하나마다 날개의 게이지가 15% 정도씩 차올랐다. 두 번만 더 친다면 이론상으로 100% 완벽하게 채울 것이다.

"제길! 이건 사기야! 기둥 따위가! 천지 가르기를 버티다니!!"

쿠라이가 욕지거리를 내뱉었다. 오의를 맞고도 75% 수준에서 그쳤다. 야수화 상태에서만 사용할 수 있는 스킬인데도 실패했다. 그의 능력으로 날개를 물들이는 것이 불가능한가 보다.

"넋 놓고 바라보기에는 아깝겠지? 25%는 내가 채우도록 하겠다."

"어어? 야! 하지 마!"

채앵!

퍼어어엉!

라이세크가 움직였다. 슈타이너가 기겁하며 하지 말라고 말림에도 안 들었다. 그는 검을 뽑자마자 스톰 브링거의 토네이도 트위스트를 펼쳤다. 폭풍으로 화한 그가 기둥을 집어삼켰다.

"라이세크, 이 여우같은 자식아! 내가 채워볼 생각이었단 말이야!"

"저도……."

슈타이너가 소리치자 옆에서 이사벨라가 되뇌었다. 워낙 작았기에 아무도 듣지 못했다.

둘은 일부러 움직이지 않았다.

남이 치던 것에는 흥미 없었다. 혼자서도 충분하다 생각했다.

일격에 0~100%가 되는 마법을 보여주고 싶어서 가만있었던 것이다.

"라이세크 님의 행동이 옳은 것 같아요. 무슨 펀치 머신도 아니고, 일분일초가 급한데 여기서 시간을 소모하는 건 낭비예요."

스윽.

스라웬의 일침에 이사벨라가 주변의 눈치를 보며 슬쩍 뒤로 빠졌다. 저 질책이 그녀의 가슴을 후벼팠다.

슈타이너도 차마 반박할 말이 안 떠오르는지 금세 딴청을 부렸다.

화악!

우우우웅!

토네이도 트위스트에 적중당한 기둥에서 공명음이 들렸

다. 그 순간, 라이세크의 공격이 거짓말처럼 멈추면서 폭풍이 흩어졌다.

"라이세크?"

"사라졌어?"

폭풍이 흩어진 자리에는 이곳과 사원을 연결하는 게이트가 생성되어 있었다. 아무래도 날개의 게이지가 풀로 채워지면서 근접해 있었던 라이세크가 뭣도 모르고 빨려들어 간 것 같았다.

"우리도 어서 들어가자!"

"그래, 라이세크 혼자 있다가 무슨 일을 당할지 모르니까."

지상에 안착한 쿠라이가 급한 듯 발을 동동 굴렸다. 그의 말에 바하무트가 동의하며 일행을 둘러봤다. 준비됐냐는 뜻이었다.

끄덕.

다들 고개를 끄덕였다. 사실 준비할 게 뭐가 있겠는가? 처음 퀘스트를 받아들였던 순간부터 준비가 끝난 것이나 다름없었다.

우웅!

"게이트가 줄어듭니다."

브레인은 게이트의 변화를 놓치지 않았다. 시간이 지날수

록 점차 줄어들었다. 잘못하면 다시 열어야 하는 번거로움이
생긴다.

"쿠라이와 스라웬 님이 가장 먼저, 나와 브레인 님이 그다
음, 슈타이너와 이사벨라 님이 마지막을."

바하무트가 볼 때 게이트를 혼자서 열 만한 유저는 슈타이
너와 이사벨라가 유일했다.

다른 이들도 무리하면 어찌어찌 열 수도 있겠지만, 게이트
를 여는 데 전력을 쏟았다간 나중 가서 곤란한 일이 생길지도
모른다.

'나랑 브레인 님이 남았는데 닫히기라도 하면 그거야말로
답이 없지.'

그렇다. 현재 일행 중 최약체인 둘은 천지가 개벽해도 게이
트를 열지 못한다.

막말로 이것 때문에 만년염옥을 복용할 수는 없지 않은
가?

비효율적인 일을 할 수는 없으니 뒤를 받쳐 줄 누군가를 놔
둬야 했다.

"빨리빨리!"

"저희 먼저 갈게요. 들어가서 봐요."

파팟!

안달하는 쿠라이를 보던 스라웬이 게이트로 몸을 던졌다.

블랙홀이 물질을 빨아들이듯, 둘은 있던 자리에서 흔적도 없이 사라졌다.

"가죠."

"알겠습니다."

바하무트와 브레인도 먼저 들어간 이들을 따라갔고, 뒤이어 후미를 지키던 슈타이너와 이사벨라도 별다른 표정 변화 없이 다른 세상으로의 첫발을 내디뎠다.

이제부터가 진짜 시작이다.

＊　　　＊　　　＊

성혈의 사원 중심부에 완공된 대신전은 고위신관 이상의 교도들이 회의 등을 목적으로 만든 장소다. 현재 이곳에는 수백 명의 교도가 몰린 상태였다. 이게 다 바하무트 일행 탓이었다.

탁!

한눈에 봐도 범상치 않은 노인이었다. 그는 높은 단상 위에 올라가 있었는데 상념에 잠겨 있다가 화려한 겉모습을 뽐내는 지팡이를 가볍게 내려찍었다. 그러자 단상 아래 모여 있던 교도들이 급히 고개를 숙이며 노인의 입이 열리기를 기다렸다.

"신에게 도전할 이들이 경계를 넘었구려."

"감히!"

"대주교님! 저를 보내주십시오! 오만함의 대가를 받아내겠습니다!"

그의 한마디에 부복하고 있던 교도들이 눈에 불을 켜며 들고 일어났다.

당연하다. 그들에게 있어 천사라는 존재는 신, 그 자체였다.

신에게 도전이라니, 이는 용납 못할 불경이었다.

"흠……."

노인이 말을 끌며 생각에 잠겼다.

그 한마디에 떠들썩하던 장내가 쥐 죽은 듯이 조용해졌다.

그의 이름은 베르디칼.

성혈의 사원을 책임지는 399레벨의 대주교이자 포가튼 사가 전체에서 몇 남지 않은 아크 세인트였다.

동 레벨 대와 비교했을 때 공격적인 측면에서는 다소 부족하겠지만, 유저를 기준으로 힐러의 역할만을 생각하면 그야말로 대적불가의 존재였다. 이런 이가 수많은 병력에 둘러싸여 아군에게 축복을 걸어준다면 적에게는 재앙이나 마찬가지였다.

"숫자는 일곱, 그중 둘은 별 볼 일 없지만 나머지 다섯은 최소 주교 급 팔라딘에 버금가거나 이상 가는 무력을 지녔으리라 예상되오. 무시했다간 다시는 신께 기도를 드리지 못할 것이오."

기도를 드리지 못한다는 것은 죽는다는 표현을 돌려 말한 것이다.

주교 급이라면 300레벨 이상의 교도를 뜻한다. 10만 가까이 되는 NPC 교도가 살아가는 곳이 성혈의 사원이었다. 그중 주교는 대주교인 베르디칼을 포함해 봐야 고작 11명에 불과했다.

하지만 대륙의 울티메이트 마스터가 주교들의 숫자와 비슷하다는 것을 떠올리면 말도 안 되는 전력이었다. 그러나 외부의 압력에서 사원을 보호하는 그들의 입장에서는 이마저도 불만족스러웠다.

"주교 급의 팔라딘이 다섯이면 저희 중 반은 나서야 희생을 줄일 수 있겠군요."

회색 중갑을 착용한 팔라딘이 앞으로 나섰다. 칠대주교의 한 명인 로열 팔라딘 마스터였다.

무력으로만 치면 주교들 전체에서 세 손가락 안에 드는 강자였다.

주교들은 베르디칼이 강조한 다섯 명에만 비중을 뒀고, 별볼 일 없는 이로 전락한 두 명, 바하무트와 브레인은 신경 쓰지 않았다.

 "본인이 직접 나서고 싶지만, 성지를 비워둘 수는 없으니 주교들께 맡기겠소."

 "제 휘하 팔라딘과 신병들을 앞세운 상태에서 주교들이 뒤를 받쳐 준다면… 그들은 결단코 목적을 달성하지 못할 것입니다."

 로열 팔라딘 마스터의 말 속에는 확신이 담겨 있었다. 그만큼 자신이 있다는 증거였다. 베르디칼도 그의 말을 의심하지 않았다.

 "믿겠소."

 "그럼."

 철컹!

 로열 팔라딘 마스터가 짧게 인사하고는 200레벨의 로열 팔라딘 100명과 함께 성지를 벗어났다. 그 행동을 기점으로 다른 주교들도 휘하 병력을 대동하고서 곧 다가올 전투를 대비했다.

*　　　*　　　*

 "저곳이 성혈의 사원인가? 저만하면 어지간한 백작 영지와 비슷한 규모로군."

쿠라이의 모자람을 채운 라이세크는 자신의 의지와는 상관없이 게이트로 빨려 들어갔다. 어쨌거나 그는 가장 먼저 내부에 도착했고, 전방에 보이는 도시를 관찰한 감상평을 내뱉었다.

말이 전방이지, 거의 1㎞미터 바깥이었다. 오러를 전개해서 시력을 높이지 않았다면 윤곽만 겨우 확인할 만큼 먼 거리였다.

사실 도시가 아닌 사원이었지만, 단어는 중요하지 않았다.

크다면 크고 작다면 작은.

성혈의 사원은 잘 만들어진 요새 같았다.

사방이 두터운 성벽으로 막혀 있어 공략이 까다로워 보였다.

남모르게 침입할 수 있다면 좋을 텐데, 일정 거리를 유지한 채 성벽 위를 돌아다니는 교도들을 보면 접는 게 속편할 듯싶었다.

라이세크가 있는 곳은 성벽의 높이와 비슷한 언덕 부근이었다. 그 탓에 내부의 움직임을 파악하기가 어려웠다. 점프라도 해서 보고 싶음에도 일단은 참았다. 괜히 튀는 행동을 할 필요를 못 느껴서다. 그런 건 모두가 도착하고 해도 늦지 않는다.

파팟!

라이세크의 뒤에 뚫려 있는 게이트에서 일행이 순차적으로 빠져나왔다. 다들 그가 그랬던 것처럼 제일 먼저 눈앞에 보이는 사원을 관찰했다.

"차원을 넘는 게이트는 아니고 그냥 숨겨진 비밀 통로 정도네요."

"따지고 보면 이곳도 황무지겠지. 다만 공간을 왜곡해서 그 안에 만든 것일 뿐."

스라웬의 질문에 라이세크가 답을 달았다.

진정한 차원 게이트는 천사들의 왕에게로 가는 곳일 터였다.

긁적.

"그나저나 이제 어쩌지?"

슈타이너가 머리를 긁었다.

성벽 너머에 얼마만큼의 적들이 기다리고 있을지 예측할 수 없었다.

뛰어난 전략가는 아니었지만, 무턱대고 치고 보는 게 멍청한 짓이란 것쯤은 잘 알았다.

"며칠 머물면서 동태를 살피는 게 좋겠습니다. 저희가 들어왔단 것쯤은 알 테고, 위치까지 아는지도 확인해 봐야겠습니다."

브레인의 의견에 토를 다는 이는 없었다. 그들도 은연 중 그리 생각하고 있었다.

위치를 알면 적들이 선공을 취할지도 모른다. 물론 알고서 도 내부에 틀어 박혀 있을 수도 있겠지만, 일단 차근차근 하나씩 알아가는 게 좋았다.

퀘스트에 할당된 시간이 넉넉하진 않아도 촉박한 것도 아니었다.

"근처에 은신하기 용이한 곳을 찾은 후 베이스캠프로 지정하자."

바하무트가 주변을 둘러봤다. 사방이 확 트여 있었다. 은폐 엄폐하기에는 부적합했다. 몸을 숨길 만한 곳을 찾는 게 우선이었다.

"남서쪽으로 1.2㎞만 내려가면 몸을 숨길 만한 지형이 있습니다."

탐색 스킬을 사용한 브레인이 적당한 곳을 발견했다. 꽤 가까웠기에 지체 없이 이동했다.

도착한 곳은 수백 미터 깊이의 협곡이었다. 이만하면 숨기에는 안성맞춤이었다. 몬스터의 기운이 느껴졌지만, 비선공인지 움직일 기미가 안 보였다. 뭐, 선공이라도 상관없지만 말이다.

재빨리 베이스캠프를 지정한 일행은 하나둘씩 로그아웃

했다.

뭔가를 더 하기에는 지치기도 했고, 슬슬 하루의 끝물이 다가오고 있었다. 내일을 위해 오늘은 이쯤에서 쉬는 게 현명했다.

44장
회색의 성군

동이 틀 무렵.

전날 로그아웃했던 바하무트 일행이 시간에 맞춰서 접속했다.

"다행이 간밤에 공격은 없었네."

"베이스캠프를 이사벨라 님이 만들었기에 어지간한 몬스터는 접근조차 못한다. 저기 돌덩어리들은 레벨도 미달이고, 비선공이기도 하고."

슈타이너의 말에 라이세크가 협곡의 벽을 고갯짓으로 가리켰다.

드륵.

황색 물체가 움직이며 미세한 진동이 생겼다. 보호색으로 위장한 바위 몬스터 수백 마리가 다닥다닥 붙어 있었다. 덩치가 제법 큰 편이었지만, 레벨이 낮아서인지 전혀 위협적이지 않았다.

"음… 이사벨라 님이 340레벨이니… 240레벨까지 차단시키나?"

베이스캠프는 효력이 유지되는 동안에 일정 반경을 안정 지역으로 만들어준다. 그렇다고 만능이라 말하기에는 어폐가 있었다.

간단하다.

싸우다가 불리하다면서 베이스캠프에서 치고 빠지고를 반복한다면 게임의 균형이 어긋나지 않겠는가?

이를 방지하기 위해 철저히 만든 유저의 레벨을 기준으로 성능이 정해진다.

만약 파티나 포스라면 보통 가장 높은 레벨의 유저가 만든다.

어둠의 미궁 등의 던전 초입 부분에 설치되어 있는 절대적 성능의 베이스캠프도 있지만, 그것은 유저의 손으로 만들지 못한다.

만든 유저의 레벨에서 −100레벨의 몬스터까지만 효력 범위에 들어온다. 이사벨라가 거론된 것도 그래서였다.

"뭘 그리 떠들어? 계집애들이냐?"

쿠라이가 어슬렁거리며 다가왔다. 걷는 폼새가 영락없는 양아치였다.

라이세크가 어깨를 으쓱거렸다. 저 녀석은 심심할 때마다 저런다.

"넌 대화가 떠드는 거냐?"

"응."

"그럼 너도 떠드는 거네? 대화에 끼어들었으니까? 이 계집애야."

"이게……."

슈타이너가 한방 쏴줬다. 누가 뭐래도 지고는 못 사는 성격이었다.

"다들 모여."

브레인과 있던 바하무트가 일행을 불러 모았다. 퀘스트에 관한 것을 상의하기 위함이다. 그에 쿠라이가 슈타이너를 노려봤다.

"너 나중에 두고 보자."

"킥!"

슈타이너가 웃자 라이세크도 따라 웃었다.

쿠라이 녀석은 덩치만 산만 할 뿐, 은근히 귀여운 구석이 있었다.

"정찰을 해야 할 것 같아."

"정찰?"

바하무트는 정찰의 필요성을 느꼈다. 다 제쳐 두고서라도 적의 흐름을 파악해야지만 뭐를 해도 한다. 퀘스트 난이도가 역대 손가락 안에 꼽혔다. 성혈의 사원 내부에 얼마나 많은 강자가 포진해 있을지 예측할 수 없으므로 사전 조사는 필수였다.

"이건 누가 해야 할지 정해진 거나 다름없네요. 형이 갈 수는 없고, 멍청한 쿠라이는 더더욱 안 되고, 이사벨라 님이나 라이세크가 믿을 만해도 되도록 비행 불가보다는 비행 가능 유저가 유리할 테니, 이리되면 저나 스라웬 님이 브레인 님과?"

"아니, 둘이서 브레인 님과 성혈의 사원을 탐색해야 할 것 같다. 한 명만 보내기에는 불안해서 말이야."

변수를 예상하면 브레인의 보호 인원을 한 명으로 정할 수는 없었다.

만에 하나 적이 사방에서 쇄도할 경우, 슈타이너와 스라웬은 제 몸 하나 지키기에도 버거울 것이다. 마음 같아서는 다 같이 가고 싶었지만, 최대한 인원을 줄여야만 기동력이 높아진다.

"슈타이너는 무슨 일이 생겨도 브레인 님 곁에서 떨어지지
마라. 스라웬 님은 상공에서 적의 움직임을 살펴주시면 됩니
다. 아무래도 마법 계열 유저로는 유일하시니 부탁 좀 드리겠
습니다."

스라웬은 뇌전의 원소술사다. 동화에 나오는 마법사들은
모든 원소를 다스리지만, 포가튼 사가에서 물, 불, 바람, 땅 등
의 속성을 전부 익힌다는 건 클래스를 몇 개나 갖는 것을 뜻
한다.

그래도 뿌리는 마법사라 속성만 세분화되고, 기타 보조마
법은 비슷했다.

아예 직업을 보조로 나간 마법사만큼은 아니더라도 일행
중에서는 브레인 다음으로 성혈의 사원을 효율적으로 탐색할
수 있는 유저였다. 상공을 맡기는 데에는 다 그만한 이유가
있었다.

"맡겨주세요."

"조사가 끝나면 그걸 토대로 작전을 짠다. 그러기는 싫지
만 공략할 만한 방법이 안 보인다면 그때 최악의 수를 쓰는
수밖에."

최악의 수는 정면으로 맞붙는 거였다.

어떤 피해를 입을지 몰라도 제일 무식하면서 간편한 방법
이었다.

"다녀올게요."

"다녀오겠습니다."

정찰 팀이 정해지며 대화가 마무리됐다. 몸만 움직이면 되는지라 세 명은 곧바로 베이스캠프를 나섰다.

문제가 생겨도 서로 근접 거리에 있었기에 큰 걱정은 안 들었다.

"넌?"

"일행에게 민폐가 되지 않으려면 빨리빨리 레벨을 올려야지."

스윽.

라이세크의 말을 받은 바하무트가 협곡 벽에 붙은 바위 몬스터들을 쳐다봤다.

220레벨의 시련 등급이었다.

그의 레벨 대에서는 경험치가 꽤 짭짤할 터였다. 할 일이 없다고 놀고 있을 수는 없다. 자투리 시간을 활용해서 저거라도 잡아야 했다.

*　　　*　　　*

후웅!

스라웬이 수백 미터 상공으로 날아올랐다. 저 아래에는 점처럼 작아진 슈타이너와 브레인이 지형을 조사하며 따라오고 있었다.

"마법에 가려져 있어."

저 멀리 성혈의 사원이 보인다. 그러나 육안으로 식별할 수 있는 곳은 성벽까지였다. 그 안쪽으로는 마법인지 신성주문인지 모를 뭔가에 가려져서 흐릿한 안개로 뒤덮여 있는 상태였다.

"자연의 숨결."

우우우웅!

페어리족의 자연의 숨결은 용족의 용마안이나 엘프족의 심안 같은 패시브 스킬이었다. 굳이 다른 점을 찾자면 눈으로 발동되는 스킬이 아닌, 기감을 극대화시키는 스킬이라는 거였다.

그녀의 기감이 확장되며 평소와는 다른 이질적인 감각이 느껴졌다.

대부분이 사원 내부에 펼쳐져 있었고, 일부는 거미줄처럼 외부를 틀어막고 있었다.

마치 먹잇감을 기다리는 덫처럼.

[슈타이너 님.]

[네. 눈치챘습니다. 여기서 더 가까이 가는 건 무리겠네요. 스라웬 님은 가능하세요?]

슈타이너도 용마안으로 이 같은 현상을 확인했다. 그는 용 창기병과 주술사의 듀얼 클래스였다. 주술로 어찌해 보려고 해도 공격 주술을 중점적으로 익혔기에 큰 도움을 줄 수는 없었다.

[해볼게요. 이곳에 계세요.]

[알겠습니다. 브레인 님의 스킬로도 내부 탐색은 불가능하다네요.]

브레인은 광역 탐색으로 사원 주변을 열심히 그리는 중이었다.

찌푸려진 눈썹이 그다지 순조롭지 않아 보였다.

레벨과 스킬 숙련도가 모자라다며 탐색 불가 판정이 계속해서 떠서였다.

'자연의 은신. 요정의 날갯짓. 차단의 가호.'

여러 종류의 고위 마법이 스라웬의 육체에 깃들었다. 세상으로부터 모습을 숨기고, 기척과 냄새를 포함한 모든 흔적을 지웠으며, 무엇이든지 방어해 주는 축복을 받았다. 외부의 덫은 건드리지 않고 접근할 수 있지만, 내부만큼은 그럴 수가 없었다.

스륵.

스라웬이 자연에 녹아들었다. 자연은 선도 악도 없는 순수한 중립, 그 자체로서 결계든 뭐든 어떠한 것으로도 영향받지 않는다.

'이것만 통과하면……'

사원 전역을 동그랗게 둘러싸고 있는 희뿌연 결계만 넘어서면 내부를 확인할 수 있다.

지잉!

익스텐션 홀리 포그에 걸리셨습니다. 당신의 의지와 상관없이 모습이 강제적으로 노출되고, 앞으로 3ㅁ분간 전체 능력의 4ㅁ%가 저하되며, 신성공격을 받을 시 데미지가 3ㅁ% 증가합니다.

익스텐션 홀리…….

홀리…….

"맙소사! 무슨 상태이상이!"

익스텐션 홀리 포그.

베르디칼이 주교들과 심혈을 기울여서 설치한 대규모 신성결계다. 그는 아크 세인트로서 천사들의 축복을 한 몸에 받았다.

이 신성결계는 아군에게는 뛰어난 전투력 상승 효과를 부르지만, 적에게는 끔찍한 저주를 건다.

애당초 스라웬의 능력으로는 이것을 뚫고 들어갈 수가 없었다.

그때였다.

스라웬인 시야에 사원 내부의 모습이 영상처럼 빨려 들어왔다. 결과가 어떻든 간에 결계를 통과하면서 안개가 걷힌 것이다.

"아……."

"상공에 적이다!"

"우우우우! 신에게 도전하는 불순한 존재들을 죽여라!"

쿵쿵!

어림잡아 2만? 많은 숫자였지만, 그동안 수십만의 유저를 이끌고 퀘스트를 치러온 스라웬에게는 적어 보였다.

문제는 그게 아니었다.

그녀는 유저답게 NPC들의 머리 위를 쳐다봤다.

지휘 체계의 파악은 어렵지 않았다. 병력을 구성하는 건 어딜 가나 거기서 거기였다. 말단 병사와 대장은 쉽게 구별이 가능하다.

성혈의 사원을 수호하는 회색의 성군을 발견하셨습니다. 그들은 당신들을 원수 이상의 적으로 인식하고 있습니다. 타협의 의지는 전혀 없으며, 오로지 죽이는 것만이 목표일 뿐입니다.

"내 할 일부터 해야겠어."

찰칵찰칵!

스라웬은 노련한 유저였다.

짧은 시간 동안 성혈의 사원을 파악할 수 없다는 것을 인지하고, 재빨리 동영상을 녹화하고 다양한 각도에서 스크린 샷을 찍어댔다. 기억력은 한계가 있어도 사진과 동영상은 영원히 남는다.

콰드드득!

멈칫!

지반이 갈라지는 소리에 스라웬이 하던 행동을 멈췄다. 엄밀히 말하면 소리가 들림과 동시에 느껴지는 강대한 기운 때문이었다. 그녀의 시선이 기운이 발산되는 곳을 정확하게 직시했다.

330레벨 성혈의 사원 제4주교.

그랜드 뭉크 마스터 파샬로.

그곳에는 2미터 정도의 덩치에 울퉁불퉁한 근육을 자랑하는 뭉크가 정권 찌르기의 기본 자세를 잡고 위를 올려다보고 있었다.

"불순한 자여! 나의 주먹을 받아보거라! 그레이트 홀리 피스트!"

뻐어어엉!

뭉크 마스터의 정권 찌르기가 가죽 찢어지는 파열음을 내뱉으며 공간을 뛰어넘었다. 음속을 넘어서는 속도였다. 스라웬은 피하기보다는 맞서기로 했다. 멀쩡한 상태였다면 몰라도 능력이 저하된 후유증은 그녀에게서 회피의 선택권을 앗아갔다.

제우스의 분노 : 세 번째 심판 : 뇌정참(雷霆斬).

곱게 펴진 스라웬이 왼손이 일직선상으로 내리그어졌다. 상대의 공격을 반쪽으로 갈라 버릴 심산이었다.

파지지직!

길고 화려한 뇌정의 물결이 한껏 성을 내며 그레이트 홀리 피스트와 중간 지점에서 충돌했다.

쩌어어엉!

충격파에서 발생한 폭음이 황무지 전역으로 퍼져 나갔다. 스라웬은 거기에 관심 두지 않고는 재차 제우스의 분노를 사용했다.

제우스의 분노 : 여섯 번째 심판 : 불파뇌(天不雷).

불파뇌는 깨지지 않는 번개라는 뜻으로 제우스의 분노가 지닌 두 개의 방어 스킬 중 하나였다.

뇌정참은 그레이트 홀리 피스트를 반쯤 가르다가 흩어졌다.

가뜩이나 뭉크 마스터보다 낮은 레벨이건만, 익스텐션 홀리 포그가 그 차이를 더더욱 벌려줬다.

쿠아아앙!

"으윽!"

불파뇌도 깨졌다. 다행인 것은 공격을 막았다는 거였다. 몸을 빼야 했다. 이런 핸디캡을 껴안고는 버티는 것도 녹록치 않았다.

"이제 와서 어디로 내빼느냐! 회색의 성군이여! 일제히 포격하라."

퍼퍼퍼펑!

성벽에 달린 수백 개 마법 대포의 포문이 열리며 빛을 내뿜었다.

그에 스라웬의 표정이 일그러졌다. 정말이지 무시무시한 공격이 쉴 틈 없이 들이닥쳤다.

물량에 당할 자 없다더니, 제 꼴이 그러했다. 이런 상황이 계속되면 죽는 건 시간문제였다. 그러나 그녀는 혼자가 아니었다. 슈타이너라는 든든한 아군이 뒤에 떡하니 버티고 있었다.

＊　　　＊　　　＊

　슈타이너가 판단하고 행동한 것은 첫 번째 격돌이 생긴 뒤였다.

　"브레인 님, 혹시 모르니까 베이스캠프까지 도망치세요. 저는 스라웬 님하고 같이 빠질게요."

　"무사하시길."

　파팟!

　브레인이 작업 도구를 챙기고는 뒤도 안 돌아보고 도망쳤다. 비전투직업이라도 2차 전직 유저였기에 금세 작은 점으로 화했다. 어차피 베이스캠프가 있는 곳과 이곳은 고작해야 몇 ㎞의 거리를 뒀을 뿐이었다. 그 정도 거리는 찰나에 불과했다.

　콰콰콰쾅!

　일련의 과정이 이어지는 동안에도 스라웬은 마법 대포의 포격 속에 갇혀 정신을 못 차렸다.

　슈타이너는 그녀의 무기력한 모습을 보며 의아해했다. 너무 일방적으로 당하고 있어서다. 그는 익스펜션 홀리 포그가 어떤 능력을 지녔는지 모른다. 아마 당해보면 확실하게 알 것이다.

펄럭!

파아아앙!

날개를 펼친 슈타이너가 지면을 박찼다. 금빛 화살이 쏘아지듯 하늘을 꿰뚫는 한줄기의 금빛이 성군들의 호기심을 자극했다.

소닉 붐(Sonic boom) : 전반 2식.
분영(分影) : 그림자 나누기.

콰콰콰쾅!

창이 분열되며 전방을 가득 메우는 마법 대포의 포격을 한꺼번에 터뜨렸다. 그가 저주에 걸리지 않았기에 가능한 현상이었다.

"괜찮으세요?"

"아무래도 돌아가야겠어요. 저주 탓에 제대로 싸울 수가 없네요."

스라웬은 만신창이였다.

아름답던 날개가 찢어지고 전신이 상처로 가득했다. 또한 튼튼한 내구력을 자랑하는 장비들도 신성력에 탄 흔적을 내비쳤다.

"저주요?"

"여기서 길게 설명할 시간이 없어요. 어서! 헛! 슈타이너 님 뒤를!"

쿠쿠쿠쿠!

스라웬이 다급히 외쳤다. 방금 전에 막았던 그레이트 홀리 피스트가 어느새 지척까지 다가왔다.

더 커지고 강렬한 기운을 내포한 채 말이다. 정통으로 맞는다면 슈타이너는 몰라도 그녀 본인은 죽기 직전까지 몰릴 터였다.

"막기만 하면 재미없겠죠?"

파앗!

황금빛이 폭사되며 슈타이너가 본체로 현신했다. 골든 나가의 육체가 드러나며 눈부실 만큼 찬란한 용투기를 마구 뿜어냈다.

"선물이다."

소닉 붐(Sonic boom) : 후반 7식.

구풍잔격(九風殘擊) : 아홉 바람을 잔인하게 뚫다.

슈타이너가 날린 아홉 개의 직선 찌르기가 한곳으로 뭉쳐졌다. 그리고는 그레이트 홀리 피스트의 중심을 관통했다.

쿠콰콰쾅!

힘의 집중 탓에 적의 공격이 일격에 분쇄됐고, 방해물을 없앤 구풍잔격은 뭉크 마스터에게 빠르게 접근했다. 시간이 촉박했기에 여러 명을 공격하기보다 표적을 하나로 고정한 것이다.

"이놈들!"

퍼퍼퍼펑!

구풍잔격이 소리치는 뭉크 마스터의 근육을 사정없이 두드렸다.

말이 두드리는 거지 이는 폭격이나 다름없었다. 용투기와 신성력이 반발하며 그가 서있던 주변을 쑥대밭으로 만들었다. 폭발에 휘말린 몇몇 성군이 죽어나갔지만, 미비한 피해였다.

슈타이너는 자신의 공격이 적과 부딪치기 전에 무슨 일이 벌어지는지를 유심히 지켜봤다.

셀 수도 없는 신성스킬이 뭉크 마스터를 감싸며 구풍잔격의 피해를 최소화시켰다. 전신에 새겨진 상처도 빠르게 복구시켰다.

파앙!

슈타이너가 스라웬을 부축하고 미련 없이 자리를 피했다. 당장 이곳에서 끝장을 볼 수는 없었다. 장난질은 한 번이면

족했다.

*　　　*　　　*

슈타이너와 스라웬이 짧은 공방전을 치를 쯤, 베이스캠프에 있던 바하무트 일행도 그 소란을 파악했다.

그렇다고 소란의 근원지로 찾아가거나 하지는 않았다. 그 둘이라면 충분히 몸을 뺄 수 있다 여겨서다. 쿠라이가 당장 도와줘야 한다며 생떼를 쓰긴 썼지만 다수결의 원칙으로 묵살당했다.

소란이 생긴 직후 브레인이 돌아왔다. 그에게 단편적인 상황을 들었고, 고작 몇십 분이 지나기 전에 남았던 둘도 도착했다.

쿠라이는 스라웬을 보자마자 눈깔이 뒤집혔다. 죽을 상처는 아니더라도 중상을 입었다.

반대로 슈타이너는 멀쩡하니 그게 더 억울했나 보다. 스라웬은 포션을 사용치 않고 자체 회복력으로 몸 상태를 정상으로 돌렸다.

어차피 추격의 기미가 없는 걸로 봐서는 공격이 이어질 것 같지 않아서다.

보조 물품은 되는 대로 아끼는 게 좋았다.

"동영상과 스크린 샷으로 확인되는 300레벨 대의 교도만 6명인가?"

"그 중 4명이 힐러다. 이만하면 힐 샤워가 무한으로 반복되겠어."

힐 샤워는 무한 힐을 뜻하는 유저들만의 은어였다. 생명력을 깎고 깎아도 힐이 계속해서 들어오면 불사신이나 마찬가지가 된다. 오죽하면 걸어 다니는 물약 주머니라고까지 불리겠는가?

"4, 5, 7, 9, 10, 11주교… 숫자만으로 보면 못해도 11명인가?"

"주교마다의 레벨 차이를 계산하면 2주교부터는 350레벨일수도 있겠군."

바하무트와 라이세크가 끝임 없이 말을 주고받았다. 적의 전력이 대단했다.

"신성결계부터 해결해야 해요. 닿자마자 능력의 40%가 깎였어요. 온갖 상태이상에 걸린 데다 적의 공격도 30% 증가돼서 들어왔고요."

"브레인 님, 가장 큰 문제점이 뭐라고 보십니까?"

모두의 시선이 브레인에게 향했다. 그는 곰곰이 생각하다 말했다.

"결계가 첫 번째고, 주교들이 두 번째입니다. 적의 단합이

세 번째고요."

"성군들은 폭룡무군을 불러들이면 될 것 같습니다. 돈이 왕창 깨지겠지만, 방법이 없으니까."

바하무트는 이번 퀘스트를 위해 폭룡무군을 1만까지 증원했다.

무한정 증원한 것은 아니었다. 돈을 빨아먹는 수준이라서 퀘스트가 끝나면 줄일 작정이었다.

한마디로 임시 증원이었다.

"여섯 분이서 주교들 전체를 상대할 수 있으실까요?"

전쟁은 복잡한 것 같으면서도 별것 없다.

전력의 약세에도 불고하고 우두머리의 목을 딴다면 그 아래로는 자연스레 지리멸렬한다. 목을 잃은 몸뚱이는 허수아비였다.

"주교를 11명으로 가정하고, 힐러의 비중을 60~70%로 둔다면 4명 정도가 팔라딘이나 뭉크인가? 아무래도 안 되겠는데요?"

단순 계산상으로 1명이 2명을 감당해야 한다. 만년염옥을 복용한 바하무트와 일행 중 레벨이 높은 이사벨라, 슈타이너라면 몰라도 그 외의 세 명은 힐러를 낀 팔라딘을 상대하지 못한다.

힐량을 넘어서는 데미지를 줘야 죽을 터였다. 어쩌면 그냥 팔라딘도 버거울 것이다. 300레벨에게 많은 걸 바랄 수는 없었다.

"그냥 부딪쳐 보죠? 원래 머리로 배우는 것보다 몸으로 배우는 게 빠르잖아요. 이것저것 할 수 있는 건 다 해보고 고민해도 늦지 않을 것 같아요. 정 하다가 불리하면 도망치면 되니까요."

"그래! 그 새끼들이 얼마나 강한지 내 몸으로 직접 느껴봐야겠어!"

쿠라이가 처음으로 슈타이너의 의견을 지지했다. 스라웬을 볼수록 울화통이 터졌다. 당장에라도 찢어발기고 싶은 심정이었다.

"동의합니다. 신성결계라는 것도 겪어봐야할 듯하고, 부딪쳐 보면 적의 전력이 어느 정도인지 쉽게 파악할 수 있으니까요."

바하무트가 일행을 한 명씩 쳐다봤다.

다들 눈이 반짝였다. 이사벨라야 강자와의 싸움을 즐기니 이해했지만, 신중한 성격의 라이세크도 반대하는 기미는 안 보였다.

"좋아. 몸으로 느껴보자."

"고고!"

바하무트가 허락했다.

무리한 요구가 아닌 만큼 일행이 원하면 들어주는 게 리더의 의무였다. 상대적으로 적에 비해 열세의 전력이라지만, 언제나 그랬던 것처럼 원하는 결과를 이루어낼 것이라 굳게 믿었다.

『폭룡왕 바하무트』 7권에 계속…

생텀

이영균 판타지 장편 소설

FUSION FANTASTIC STORY

취재 현장에서 맞닥뜨린 녹색 괴물.
그리고 무혁은 한 번 죽었다.

**죽음에서 깨어난 무혁에게 다가온 것은
숨겨졌던 이세계, 생텀의 존재였다!**

현대에 스며든 악신 투르칸의 잔인한 손길.
생텀에서 온 성녀 후보 로미와 도밀 남작을 도우며
무혁의 삶은 점차 비일상에 접어드는데……

**이계와의 통로는 과연 우연인 것인가?
생텀(Sanctum)의
진정한 의미를 찾아라!**

Book Publishing CHUNGEORAM

유행이아닌 자유추구 -
WWW.chungeoram.com

The Record of **Dragon's Return**

재중 귀환록

푸른 하늘 **장편 소설**
FUSION FANTASTIC STORY

『현중 귀환록』, 『바벨의 탑』의
푸른 하늘 신작!
이계를 평정한 위대한 영웅이 돌아왔다!

어느 날 갑자기 찾아온 부모님의 죽음.
그리고 여동생과의 생이별.
모든 것을 감당하기에 재중은 너무 어렸다.
삶에 지쳐 모든 것을 포기할 때, 이계에서 찾아온 유혹.

"여동생을 찾을 힘을 주겠어요.
…대신 나를 도와주세요."

자랑스러운 오빠가 되기 위해!
행복한 삶을 위해!

**위대한 영웅의
평범한(?) 현대 적응이 시작된다!**

Book Publishing CHUNGEORAM

유행이 아닌 자유추구 -
WWW. chungeoram.com

FANATICISM HUNTER
광신사냥꾼

류승현 판타지 장편 소설
FANTASY FRONTIER SPIRIT

「블레이드 마스터」의 류승현 작가가 펼쳐내는
판타지의 새로운 신화!

마도대전을 승리로 이끈 유리언 대륙의 영웅,
최강의 아크 메이지 제온!

그러나 '세상의 섭리'에 아내와 아이를 빼앗기는데……

『광신사냥꾼』

만약 그것이 정말로 세상의 섭리라면,
그마저도 무너뜨리고 말리라!

복수를 위한 제온의 위대한 여정이 시작된다!

Book Publishing CHUNGEORAM

유뱅이 아닌 자유추구
WWW.chungeoram.com